Esa luna rota

A mi querida Isabel,
con todo mi cariño
y para que rompa
"maldición" y encuentre
el verdadero amor.

Nieves Herrero

Esa luna rota

Ediciones Martínez Roca

Diseño cubierta: Compañía de Diseño
Ilustración: Agencia TonyStone

Provença, 260, 08008 Barcelona
Primera edición: octubre de 2001
ISBN 84-270-2715-X
Depósito legal: M. 37.813-2001
Fotocomposición: Fort, S. A.
Impresión y encuadernación: Lavel, I. G. S. A.
Gran Canaria, 12, Humanes (Madrid)

Impreso en España – Printed in Spain

A Blanca y Ana...

«La lealtad es el camino más corto entre dos corazones.»

José Ortega y Gasset

«Frente al nunca más, hoy es siempre todavía.»

Javier Sádaba

«La felicidad no tiene presente, sólo pasado o futuro.»

Vladímir Jankelevich

«No sabemos si somos libres pero vivimos como si lo fuéramos.»

José Luis Aranguren

Capítulo 1

«No puedo llorar a mi marido muerto, porque está vivo. Murió ayer. Se fue de mi vida a las doce del mediodía. La muerte le sobrevino de manera repentina, brusca.

»Todavía no me he recuperado del impacto. Miro a mi alrededor y no veo, me hablan y no sé escuchar. Es como si me hubiera quedado sin sangre, sin lágrimas. Mi vida se ha roto. Se ha roto.

»No me he atrevido a decirle a nadie que Arturo ha desaparecido de mi vida. Tampoco se lo he dicho a él. No sabe que lleva ya veinticuatro horas muerto.

»Ahora lo miro mientras duerme y me parece un extraño. Estoy por despertarle y decirle que he descubierto toda su farsa, que se vaya de mi cama, que se vaya de la casa, que se vaya de mi vida para siempre.

»Esta noche se me está haciendo eterna, me resulta imposible conciliar el sueño. Mi respiración está demasiado agitada, se va a dar cuenta de que ocurre algo, y yo necesito tiempo para pensar.»

Beatriz, una mujer de profundas convicciones religiosas, más atractiva que guapa, de ojos negros de intensa mirada y sonrisa fácil... se metió en la cama con sumo cuidado, acurrucándose en el filo para ni siquiera rozarse con Arturo. Mientras, en la cuna, se agitaba Mónica. Desde que nació –ahora se cumplía un año–, la niña no le había dado una buena noche. Así que decidió coger a su pequeña y pasar toda la noche abrazada a ella.

Estaba convencida de que su hija era la única superviviente de la catástrofe acaecida en el segundo piso de la calle Antonio Toledano número veinticinco. Si Arturo estaba muerto desde las doce del mediodía del día anterior, ella, su mujer, también lo estaba. Esa hora marcaba un antes y un después, ya nada podía seguir igual.

«Tengo que pensar rápido –se decía–. Es necesario reaccionar, pero aquí estoy, con mi hija en los brazos, sin saber qué hacer ni adónde ir.»

Comenzó a llover. Al principio las gotas golpeaban tímidamente los cristales de las ventanas. Al cabo de un rato, la lluvia se volvió agresiva, caía con una fuerza inusitada. Beatriz pensó que el tiempo se había convertido en un simple y fiel reflejo de su estado de ánimo. Durante toda la noche la habitación fue iluminándose intermitentemente. En el insomnio de la madrugada, llegó a medir la frecuencia con la que se sucedían los relámpagos y los truenos. En noches así, se acordaba de su abuela Julia y de los rezos a santa Bárbara bendita. Había heredado su miedo, su pánico a las tormentas y a la fuerza de la naturaleza, siempre tan desmedida, siempre desbordada.

Apretaba a su hija contra su pecho. Hoy más que nunca

necesitaba abrazarla. No era el miedo a la tormenta lo que la hacía temblar, era el miedo al mañana, a no saber qué sería de ellas.

Arturo se despertó y masculló algo ininteligible. Se dio media vuelta y volvió a dormirse. Tenía un sueño profundo. Nunca se había levantado a calmar a la niña en las noches de llanto. Estaba claro que esa función no entraba en su rol de padre.

Los dos se conocieron hace veinte años estudiando COU en la Academia Flores, cerca de la calle Ortega y Gasset, en Madrid. Ella venía de estudiar en un colegio de monjas, las madres trinitarias. Éstas habían marcado su concepto de la vida, de la muerte, del trabajo y, por supuesto, del matrimonio. Había sido una alumna brillante; tanto era así que la madre Inmaculada intentó que Beatriz se quedara en el colegio como novicia. Meses antes de terminar, la madre Gloria, su profesora de religión, la presionó para que comprendiera que lo que ella sentía por Dios era vocación.

Pero Beatriz, si algo tenía claro, era que quería ser abogado, abogado defensor, «defensor de pleitos pobres», como le echaba en cara su madre, y arreglar la vida a aquellas personas cuyo destino no les había dejado más salida que la del sufrimiento. Beatriz soñaba con arreglar el mundo, con cambiarlo, y eso no podía hacerlo dentro de un convento. Además estaban los chicos. Ella anhelaba encontrar al hombre de sus sueños, capaz de romper la tradición familiar que abocaba todas las uniones al desastre.

Aún recordaba con nostalgia y tristeza aquella conversación con su mejor amiga del colegio, María José. «¿Qué habrá sido de María José?», se preguntaba.

–¿Sabes? Los Biosca creo que tenemos una maldición.

–¿Por qué dices eso, Bea? –preguntó asustada.

–Ningún miembro de mi familia está bien casado. Ninguno ha estado realmente enamorado de su pareja. Sólo recuerdo una tatarabuela que amó profundamente a su marido. Tampoco convivió mucho con él, porque era catorce años mayor y murió a los dieciséis años de estar casados.

–Pero ¿no tienes ningún caso cercano que desmonte tu teoría? –interrogaba incrédula María José.

Beatriz siempre tenía teorías y sacaba conclusiones para todo. Su atractivo estaba en el poder de seducción de sus palabras.

–En mis casos cercanos sólo hay equivocaciones, personas incompatibles que permanecen juntas por costumbre o por el qué dirán. Yo me resisto a eso. Tengo que encontrar al hombre de mi vida.

Soñaba entonces con encontrar esa pareja con la que formar un auténtico hogar. Tras aquella conversación, Beatriz no tardó en conocer a Arturo.

Eran muy jóvenes, demasiado. Desde luego su físico no era el de su hombre ideal: rubio, de ojos claros... Se trataba de un chico muy alto, con el pelo muy moreno y los ojos menudos y negros. Le sobraban unos kilitos y al sonreír se le veían los dientes montados; los tenía tan apiñados que era como si la naturaleza le hubiera regalado alguno de más.

Nadie de la familia de Beatriz comprendió nunca qué había visto en él. Tal vez fueron los poemas que le escribía, o la mirada tierna que le dedicaba cada mañana, o quizá las flores que le regalaba.

El primer día que Beatriz entró en clase, no se percató de

que unos ojillos negros la observaban sin apartar ni un segundo la mirada. Arturo no podía dejar de hacerlo... La irrupción de Beatriz en medio de la clase, media hora más tarde del comienzo, fue una tabla de salvación para un curso que prometía ser tedioso y aburrido.

Era repetidor. No tenía ningún interés por los libros, pero sus padres sí. Y por eso, un año más, ahí estaba, intentándolo de nuevo. Los señores de Solán, aunque sabían que su único hijo no estaba dotado para los estudios, soñaban con que, tardase los años que tardase, acabaría la carrera de abogado. Debía romper con la tradición familiar de ponerse a trabajar con catorce años.

Sin embargo, él hubiera preferido no estudiar y trabajar en cualquier cosa, con tal de no coger un libro. Se le daban bien los negocios. Hacía «chuletas» a destajo y se sacaba un dinerito. También vendía apuntes; iba a medias con el empollón de la clase, que era el que mejor llevaba las asignaturas.

Arturo, para introducirse en el círculo de Beatriz, urdió un plan. La siguió a la salida de clase. Pronto se hizo con sus horarios, su calle, su teléfono, sus amistades... Y, una vez recopilada toda la información, pasó a la acción: cogía los mismos autobuses, se hacía el encontradizo, tropezaba con ella... Pero ésta no reparaba nunca en él. Esta situación era desesperante para el joven Solán, que cada día que pasaba estaba más enamorado. Por si eso fuera poco, surgió un imprevisto: Ramón, el más brillante de la clase, con el que tenía el negocio de los apuntes, empezó a tontear con ella.

Mientras el profesor, en clase, hablaba de la importancia de Ferdinand de Saussure en la gramática moderna, Arturo, de forma ya obsesiva, pensaba en Beatriz. Tenía que conseguir que se fijara en él. En aquellos días hizo de todo: iba a clase con camisetas llamativas, salía a la pizarra a la menor oportunidad, llegó incluso a plantear un boicot al profesor de filosofía por aburrido, se convirtió en el organizador del viaje de fin de curso... Pero no había nada que hacer: ella no mostraba el más mínimo interés por él.

Se enteró por su compañera de mesa, Rosa, que sentía auténtica pasión por los juicios, que leía con gran avidez todos los libros que sobre el tema caían en sus manos y que su película favorita era *Yo confieso*, de Montgomery Cliff (éste hacía el papel de un sacerdote acusado de asesinato que es llamado a juicio, y que no puede desvelar el nombre del asesino, porque supo del delito en secreto de confesión).

Arturo comprendió que la mejor forma de llamar la atención de Beatriz era compartir sus gustos e inquietudes relacionadas con el mundo judicial. Así que se hizo grabar una camiseta con el rostro de Montgomery Cliff y la frase «Yo también quiero confesar». Se aprendió cada diálogo de la película de Hitchcock. Llegó a identificarse plenamente con el padre Logan (Montgomery Cliff) y su relación amorosa con Ruth Grandfort (Anne Baxter). Grabó en su memoria cada fotograma hasta que tramó su propio plan para hablar con ella... Y pasó de nuevo a la acción. Esa mañana, enfundado en su llamativa camiseta, se acercó a Beatriz. Lo hizo con un cigarro en la mano y dos whiskies en el cuerpo, que le dieron el valor suficiente.

–Bbea-ttrizzz –dijo Arturo, tropezando en las consonantes–. Me he enterado de que te gustan mucho los juicios. Yo desde hace tiempo acudo a las audiencias públicas. Si quieres, un día vamos juntos y te presento a uno de los mejores abogados defensores.

–¿Sí? ¿No te importaría hacerlo? Me gustaría mucho presenciar un juicio –aceptó, mientras se preguntaba por qué habría estado bebiendo ese chico a aquellas horas tan tempranas.

Fue una entrada eficaz, pero no ciento por ciento positiva. Beatriz no soportaba el olor a alcohol. Lo detectaba a distancia. Le recordaba a su abuelo, al que tanto quiso en vida. Bebía e hizo sufrir mucho a la abuela Julia en sus últimos años. ¡Cuántas veces, siendo una niña, Beatriz riñó a su abuelo!

–¿No te das cuenta de que te estás cargando la vida de todos? ¿Por qué bebes, abuelo? ¡Di! ¿Por qué lo haces?

–Porque ya no deseo vivir. No sé qué pinto yo en este mundo. Yo ya he cumplido y nada me ilusiona. Bueno, nada no, me interesas tú.

–Abuelo, yo te quiero mucho y te necesito en mi vida. No te puedes ni imaginar lo importante que eres para mí.

Esas palabras renovaban el ánimo del abuelo Ricardo. Pero no dejaba de ser un muerto en vida. Siempre estaba como ausente, solo, mirando por la ventana. Daba la sensación de que esperaba la llegada de alguien o de algo que rompiera la monotonía del día y de la noche. De la noche y del día...

Mientras Beatriz observaba por la ventana las calles vacías de la ciudad y todos estos recuerdos se agolpaban en su memoria, Arturo, dormido, seguía sin saber que estaba muerto. No había parado de llover en toda la noche, aunque los relámpagos habían cesado... Empezaba ya a amanecer. La noche definitivamente se rendía a un nuevo día. Entonces decidió acostar a Mónica en su cuna después de haber pasado toda la noche con ella en brazos.

La evidencia cayó en sus manos por casualidad. Sabía que algo pasaba en su relación con Arturo, deteriorada lenta y paulatinamente desde hacía tiempo. Un goteo de circunstancias hacían la vida de pareja cada vez más difícil. Curiosamente nunca hubo una voz más alta que otra. Todo el mundo pensaba que eran un matrimonio modelo. Se llevaban bien en todo momento, con amigos o sin amigos; sólo había una excepción: la cama. Beatriz siempre creyó normal que no existiera sintonía entre el hombre y la mujer a la hora de hacer el amor.

Los viajes constantes de Arturo fueron distanciando sus encuentros amorosos, hasta hacerlos prácticamente inexistentes. Siempre había un motivo: un programa largo en la televisión, unos amigos en casa hasta las tantas, un dolor de cabeza, la niña que no les dejaba tranquilos nunca...

Beatriz se acostumbró a separar el sexo de su relación matrimonial. Primero pensó que el hecho de que no le resultara apetecible era algo transitorio, pero con el tiempo llegó a desear que esos encuentros no se produjeran nunca más, porque eran tan forzados... ¡con tan poca ternura!, que cada noche, cuando su marido aparecía, encontraba excusas para no irse a la cama a la misma hora que él.

Desde la noche de bodas, el sexo levantó una enorme barrera entre los dos. Fue una noche para el olvido, llena de torpezas. Una noche que la marcó profundamente ya que jamás había tenido una relación sexual. Había llegado virgen al matrimonio. Además no sabía que el novio, que siempre se las había dado de experto con las mujeres, también llegaba a aquella primera noche sin saber absolutamente nada de sexo. Él concebía el acto sexual como algo rápido, sin preámbulos, más preocupado por el cigarrillo de después que por despertar la pasión de su pareja.

Para Beatriz, sin embargo, eran tremendamente importantes las palabras cariñosas, las caricias... que su esposo siempre olvidaba. Con aquella experiencia pensó que lo que había visto tantas veces en las películas, cuerpos entrelazados, sudorosos, posesos, casi diabólicos, respiraciones entrecortadas, gritos ahogados y repetidos... era una auténtica mentira. ¿Y el tan traído y llevado orgasmo? ¿Sería aquello que apenas sentía y que quería que pasara cuanto antes?

En algún momento, llegó a sospechar que lo que le ocurría era consecuencia de una anomalía física. Posiblemente era frígida, se decía a sí misma, y no podía hacer nada para evitarlo. Alguna vez se le pasó por la cabeza ir al ginecólogo y decirle que en el acto sexual no sentía nada. Bueno, nada, no. Tenía ganas de que terminara cuanto antes. Luego, a solas, se convencía de que no, de que aquello era lo normal, de que nadie sentía nada, pero todo el mundo fingía hablando de sexo con picardía, como si fuera el centro del universo.

Pasado un tiempo se refugió en el misticismo. ¡Claro! La explicación estaba en que tenía otros valores prioritarios y el sexo resultaba algo totalmente secundario y prescindible para ella.

Se acostumbró y aceptó con normalidad aquellas noches sin amor y sin pasión. Jamás habló del tema con su madre y menos con su única hermana. Su secreto permanecería guardado siempre. Ni tan siquiera cuando su mejor amiga, Fátima, le comentaba los problemas que tenía con su marido, fue capaz de reconocer los suyos.

Fátima desconfiaba siempre de su marido. Si tardaba en regresar del trabajo algo más de lo normal, era porque se había enredado con alguna «pelandusca de esas cazacasados», como solía decir.

–Beatriz –le manifestó en más de una ocasión–, tú tienes mucha suerte, porque Arturo está completamente colado por ti. No le imagino nada más que suspirando por su mujer. Siempre tan detallista. Eres, y tú lo sabes, la envidia de todas las amigas.

Lo peor del caso de Fátima es que tenía toda la razón en desconfiar de Julio, su marido. Llevaban muchos años casados, tenían cuatro hijos y las evidencias de infidelidad pesaban cada vez más.

En una ocasión, paseando por la calle, Arturo y Beatriz, ¡qué casualidad!, vieron a Julio en actitud muy cariñosa con una jovencita.

–¡Fíjate, Arturo! ¡Si Julio le dobla la edad! ¿No se da cuenta de que está haciendo el ridículo?

–Tú no lo entiendes. Hay etapas en la vida de un hombre en las que siente la necesidad de experimentar. Julio simplemente está jugando. Lo que has visto no tiene ninguna importancia.

–Pero ¿cómo no va a tener importancia? Te recuerdo que está casado y tiene cuatro hijos, el pequeño de tan sólo un año.

–Mira, lo que le pasa a Julio es que busca fuera lo que no

tiene en casa –sentenció Arturo–. Fátima piensa que el sexo es sólo para procrear y él no quiere tener más hijos. Yo le he dicho que se haga una vasectomía, porque, si no, las cosas entre ellos van a acabar muy mal. Bueno, ya van muy mal...

Esta conversación se le quedó muy grabada a Beatriz. En seguida, le asaltó el dilema de si le contaba o no a su mejor amiga que había visto a su marido con otra. Arturo le advirtió que no lo hiciera.

–Ni se te ocurra decírselo. Los problemas los tienen que solucionar ellos dos.

Ella, finalmente, decidió guardar silencio y ocultar a Fátima aquel desagradable encuentro.

Por su parte, Arturo y Julio desde entonces, cuando quedaban los dos matrimonios, compartían muchos momentos de complicidad. Surgió entre ellos esa especie de camaradería masculina que aplaude el polvo en casa ajena.

Beatriz paró el despertador justo en el momento en que iba a sonar. Eran ya las ocho de la mañana. Tendría, como siempre, que despertar a Arturo. Pero no lo hizo. Nunca volvería a hacerlo. Estaba muerto, aunque su corazón siguiera latiendo. «¡Ojalá se detuviera –pensaba Beatriz–. Al menos sería una viuda. Ahora, en cambio, no soy nada...»

En aquel instante, el «muerto» abrió los ojos. Se rascó la cabeza y comenzó a estirarse.

–¡Vaya nochecita! –masculló somnoliento–. No he podido pegar ojo.

Ella no le contestó. «¿Será caradura? –se decía a sí misma–. ¡Es un mentiroso compulsivo!»

–¿Qué te pasa? –le espetó Arturo–. ¿No me vas a hablar? Si no me lo dices es imposible que sepa qué ha ocurrido... ¡Bah! ¡Mujeres! ¡No hay quien os entienda! Seguro que está a punto de bajarte la regla.

Beatriz se mordió el labio y, tras un largo silencio, contestó tajante:

–Tú sabes perfectamente lo que me pasa.

–No sé. Estás rarísima. Sinceramente, no sé a qué te refieres. Jamás había visto esa mirada en tus ojos. No te reconozco.

–¿Cómo te miro, que tanto te extraña? –le dijo levantando la voz.

–Pues... con odio.

–Ahora que lo dices, eso es exactamente lo que siento. Odio. Odio hacia ti. Odio hacia todo lo que te rodea. Odio. ¡Odiooo...!

El llanto le quebró la voz. Se tapó la cara con las manos y, de repente, la niña comenzó a gritar... Arturo no era capaz de acallar a ninguna de las dos.

–Mira lo que has conseguido, despertar a la niña con tus gritos. No sé qué te ocurre, pero me da la sensación de que te estás volviendo loca.

–Sí, es cierto. Loca porque no puedo ni creer lo que estás haciendo. Sé que estás con otra mujer. Que no has tenido agallas suficientes para decirme que lo nuestro se ha acabado. Que...

–No quiero seguir oyendo tonterías –no la dejó terminar–. ¡Ya está bien! Tus celos y tus manías... ¡Me voy a trabajar!

Se vistió a toda velocidad y salió de la casa con un sonoro portazo.

Beatriz no había logrado desenmascararle. No eran tonterías. Tampoco eran celos; jamás había sido celosa. De haberlo sido, probablemente no hubiera ocurrido todo aquello.

Las horas de trabajo no significarían una tregua en la difícil situación que vivían ambos. Más bien todo lo contrario: el mismo banco, el mismo edificio, los compañeros, aunque, al menos, departamentos diferentes.

Cuando acabaron la carrera de Derecho, a trancas y barrancas en el caso de Arturo, Manuel Biosca, el padre de Beatriz, la avisó de unas oposiciones que convocaba el Banco Popular. Además de la titulación, pedían dos idiomas y ella hablaba perfectamente el alemán y el inglés. Así que se presentó y las sacó sin demasiada dificultad.

Beatriz pensó que se trataba de algo transitorio, porque su verdadera vocación era ejercer como abogado defensor... Pero jamás pudo cumplir su sueño. Entró en un círculo laboral del que no pudo escapar.

Arturo, sin embargo, no entró por oposición... Beatriz consiguió hacerse con la confianza de los jefes y le recomendó para una vacante en el departamento comercial. Su primer cometido fue captar clientes. Así fue como los dos se introdujeron en la misma empresa pero en mundos aparte. Los departamentos eran tan distintos que sólo se veían a la hora de comer, y, últimamente, ni para eso. Arturo captaba clientes fuera de Madrid. Esto le permitió estar alejado de casa cada vez con más frecuencia.

Capítulo 2

Beatriz lo descubrió todo por casualidad. Aunque nunca abría el buzón, aquel fatídico día en el que «murió» Arturo, sí lo hizo.

Quizá no fue puramente casual, porque desde hacía tiempo buscaba una evidencia. Nunca había localizado, en los bolsillos de las chaquetas, un solo papel que le hiciera pensar que existía otra mujer en su vida, jamás le había pillado en ninguna contradicción, pero estaba segura de que aquella vez que hizo el amor como un auténtico torbellino de pasión y de deseo no estaba pensando en ella. Tenía la mirada un tanto extraviada. Sus movimientos eran bruscos y rápidos. Había algo de animal en aquel encuentro, ausente de ternura. Esa extraña actitud la convenció de que ella no era la única en la vida de su marido.

–Sé que pensabas en otra persona. Tú no eras tú, y yo, para ti, no era yo –le espetó ella, al terminar aquel acto compulsivo.

La contestación de Arturo fue levantarse de la cama, darse por ofendido, vestirse e irse de casa. Aquella madrugada fue la primera de muchas más...

Beatriz llegó a pensar que, a lo mejor, su impresión era falsa y que solamente era su cabeza, como decía su indignado esposo, la que estaba fallando. «¿Me estaré volviendo loca?», se repetía una y otra vez. Lo cierto es que no tenía motivos reales para dudar de él. En el último cumpleaños, por ejemplo, le dio una gran sorpresa cuando al llegar al restaurante estaban allí todos los amigos, toda la familia, todos los jefes, hasta su secretaria, Áurea... Por cierto que, aquella noche, se presentó sin su novio, toda vestida de blanco, con un jersey de lana de *mohair*. Durante la cena estallaba con frecuencia en sonoras risotadas. Estaba feliz y quería llamar la atención, era evidente. Beatriz, extrañada, no lograba entender el motivo. De todas formas, en aquella velada bebieron demasiado, y eso acabó amargándole el cumpleaños.

Arturo estaba eufórico. Le hizo el regalo más espectacular de los catorce años que llevaban casados: unos pendientes de esmeraldas y brillantes. Pendientes que no pegaban, en absoluto, con su personalidad. Era un exceso que muchas mujeres hubieran deseado, pero ella no. Todo lo contrario, se quedó parada contemplándolos, sin saber qué decir. Todos lo interpretaron como una gran emoción contenida.

«¿Adónde voy a ir yo con estos pendientes? –se preguntaba Beatriz a sí misma–. ¿A sacar a Mónica de paseo?, ¿al trabajo?»

En ese mar de dudas, fingió que era el mejor regalo de su vida. Ella hubiera preferido una simple tarjeta con toda una declaración de amor. O un cumpleaños sin gente, a solas con él, algo más íntimo y menos ruidoso... Últimamente, todo lo organizaba así: los fines de semana que estaba en casa siempre había algún compromiso. Sobre todo, con Baldo, el jefe del departamento comercial. Un hombre que, cada vez que entraba una jovencita en el trabajo, aplicaba sus buenas técnicas de seducción. Era un yuppie engominado al que le gustaban las mujeres en exceso y que sintonizó perfectamente con el carácter de Arturo. Más de una vez había ido a casa, sin su mujer, acompañado por la última adquisición femenina. Existía una especie de compadreo entre los dos. El señor Solán pronto llegó a ser su mano derecha porque sabía demasiado de todos sus líos. Incluso se convirtió en su tapadera.

Resultaba una situación muy difícil para Beatriz, porque Carolina, la esposa de Baldo, llamaba constantemente para que le dijera dónde andaban. Con voz temblorosa ella ponía mil y una excusas. No sabía mentir, y, en más de una ocasión, estuvo a punto de decirle la verdad. Igual le ocurría con su amiga Fátima. Era de la opinión de que, en estos casos en los que todo el mundo ayuda al mentiroso, se necesita la voz de un valiente, aunque sea anónimo, que te descubra la realidad. El engañado siempre es el eslabón más frágil. Es el único que se cree la pantomima que representan los demás.

Con el tiempo, las mentiras se complicaron tanto que Beatriz decidió instalar en casa un contestador automático. De ese modo, las dudas de Carolina se quedaron sin respuestas, y las mentiras de su marido, sin justificaciones.

«¡Cómo entiendo a su mujer! –reflexionaba Beatriz cada vez que veía flirtear al jefe comercial–. Lo que no comprendo es cómo no da carpetazo a una farsa de tantos años. Quizá los hijos pesan demasiado a la hora de tomar esa decisión.»

Aquel día en que el destino quiso que abriera el buzón, llegó a casa un poco antes que Arturo e hizo lo que habitualmente no solía hacer... Buscó las llaves, más bien rebuscó, porque no aparecían y, finalmente, lo abrió. Sólo había tres cartas: una de propaganda de Muebles Muñoz, otra del ayuntamiento, a nombre de Arturo, y otra de Telefónica, también a su nombre.

Al llegar a casa, las dejó encima de la mesa de la cocina y abrazó a su pequeña, que nada más verla sonrió dando palmitas de alegría. Era una bocanada de aire puro ver sonreír a Mónica, ver cómo brillaban sus preciosos ojitos verde oliva, heredados de su abuela materna. Intensos, llenos de luz y de vida.

Su madre, Aurora, que siempre estaba dispuesta a echarle una mano con la niña, ese día tenía mucha prisa.

–Tu padre –le dijo– no se encuentra muy bien. Se siente hinchado y, con lo aprensivo que es, seguro que piensa que alguna enfermedad mala le anda rondando.

–¿Cómo es que no ha ido al médico ya? ¿Qué es exactamente lo que tiene?

–En una semana se le ha hinchado muchísimo el vientre. Ya sabes que le gusta comer y beber bien, y probablemente estos días se ha pasado más de la cuenta.

–No me gusta, mamá, llama al médico.

–¡Ya está! La otra aprensiva de la familia. Lo único que le ocurre es que los nervios se le disparan cuando empieza la época de las inspecciones de Hacienda.

Manuel Biosca había sido un hombre muy brillante mientras fue estudiante de Derecho en la Universidad de Madrid. Sus padres le dieron el mejor de los legados: estudios y muchos libros. Durante la guerra, en la casa de los Biosca hubo poco que comer y mucho que leer. Manuel entró a trabajar en un banco, el Popular, y ya nunca ejerció de abogado. Llevaba las cuentas de las familias que conservaron su patrimonio después de la guerra. Él, que manejaba grandes sumas, llegaba a casa con un sueldo miserable y un futuro lleno de escaseces.

El golpe más fuerte lo recibió cuando, a los nueve meses exactos de casarse con Aurora, perdieron a su hijo recién nacido. Ella nunca se repuso. Cuando la mirada se le quedaba perdida, se acordaba de aquella criatura que murió en el parto. Desde entonces, nunca volvió a sonreír como ella solía... Por eso, cuando nació Encarnación, la mayor, y cuatro años después Beatriz, se convirtió en una madre temerosa y protectora.

Jamás las niñas fueron de excursión con el colegio, nunca llegaron a casa más tarde de las nueve y media de la noche... En esa casa, las normas se hicieron muy estrictas por puro miedo al futuro. Habían pasado treinta y ocho años desde que naciera Beatriz y a su madre todavía se le sobresaltaba el corazón cuando llamaba a casa o al trabajo y su hija no contestaba.

Contagió a Beatriz ese miedo a qué pasaría mañana. Aunque ésta era una mujer valiente en su trabajo, era cobarde en su vida personal. Siempre tuvo miedo al futuro y, por eso, apenas se atrevía a afrontarlo.

Desde luego, ese día, el futuro se le cayó de las manos y

se le hizo añicos... Cuando su madre se fue y se quedó a solas con la niña, Beatriz tuvo un impulso irrefrenable. Nunca antes lo había hecho, pero desde hacía un tiempo, realizaba cosas extrañas, cosas que habitualmente no se habría ni planteado. La de hoy sería una más. Dejó un momento a la niña en el parque que tenía permanentemente instalado en el salón y se fue a la cocina a por las tres cartas.

Primero las miró, como intentando ver a través del sobre su contenido. Después, con ellas en la mano, volvió junto a su hija. Ésta jugueteaba con un mordedor al que le clavaba las encías con auténtica saña, a la vez que emitía grititos que no se sabía muy bien si eran de gusto o de dolor.

Beatriz golpeaba las tres cartas de forma rítmica sobre su mano. Se lo pensó una, dos, tres veces... y a la cuarta, decidió abrir la del ayuntamiento. El corazón le palpitaba con una gran excitación. Tanto que, en un momento, le pareció que se le iba a salir del pecho en un frenético galope imposible de parar.

El sobre quedó abierto como a mordiscos. Sacó la carta y... ¡qué gran desilusión! ¡Una simple multa! Su primera intención fue romperla para no dejar rastro de su hazaña. No quería ni imaginarse la cara de Arturo ante lo que catalogaría como «vulneración de su intimidad». Pero no la destruyó. Se quedó mirando fijamente, pero sin ver, sin parpadear, totalmente ajena a todo, como aislada. El llanto de Mónica la devolvió de nuevo a este mundo. Le cambió el mordedor por unas llaves multicolores de plástico y la niña volvió a entregarse con pasión a la fricción de sus encías.

Beatriz intentaba leer más allá de lo que el ordenador del ayuntamiento le comunicaba a Arturo: «Multa por estacionamiento en doble fila en la calle López de Hoyos número ciento veinticinco. En los próximos veinte días hábiles deberá abonar la cantidad de quince mil pesetas. De no ser así, el ayuntamiento de Madrid pondrá en marcha todos los mecanismos legales para hacer efectiva la multa».

–López de Hoyos, calle López de Hoyos –se repetía una y otra vez Beatriz. No le encontraba nada extraño a este dato. De todas formas, no acababa de comprender qué hacía Arturo en la calle López de Hoyos, cuando el banco en el que trabajan los dos estaba en el otro extremo de la capital. ¿Estaría captando algún cliente?

La multa no le aportaba información. Sin embargo, decidió guardarla. No abrió la carta de Muebles Muñoz. Las ofertas no despertaban su curiosidad. En cambio, con la de Telefónica, volvió otra vez la ansiedad y el nerviosismo. Beatriz buscaba algo, no sabía bien qué, pero algo que le certificara lo que intuía desde hacía tiempo.

El sobre estaba tan pegado que tuvo que romperlo colocando el dedo a modo de abrecartas. Poco le faltó para romper el papel del interior, una factura desglosada del móvil de Arturo. Muchos de los teléfonos le eran familiares: el teléfono de casa, el del trabajo..., aunque había otros que no lograba identificar.

Le extrañó que algunos días se repitiera con insistencia el mismo número de teléfono. Miró el calendario y, curiosamente, aquellas llamadas habían sido hechas durante los fines de semana. ¡Justo cuando Arturo estaba con ella y la niña! Las horas coincidían con la comida, la merienda, o la cena de Mónica. Eran llamadas muy largas, de veinte o veinticinco minutos.

El corazón de Beatriz volvió a dispararse. Lo sentía latir con tanta fuerza, que se echó la mano al pecho, con intención de parar su acelerado ritmo. Rememoró las clases de preparación al parto, y respiró profundamente con la tripa. La taquicardia poco a poco cesó, pero comenzaron las dudas. ¿De quién sería aquel número de teléfono? Probablemente, se trataba del móvil de Baldo. «Pero ¿por qué nunca le llama delante de mí? –se preguntaba Beatriz–. ¿Por qué rayos espera a que esté con la niña para llamarle?»

Repasó la lista con atención y se percató de que aquel número de teléfono se repetía en alguna madrugada de días laborables. «¡Cuando estoy dormida!», se decía, todavía incrédula de lo que estaba averiguando. Con la mano temblorosa, como una autómata, se puso a marcar el número que acaparaba el grueso de la factura del móvil de Arturo. Esperó tono y colgó.

No, no quería saber a quién correspondía el teléfono. Lo pensó mejor: era la única forma de acabar con las dudas. Volvió a marcar. Esta vez aguantó un tono, dos... Tras el tercero escuchó una voz femenina.

–¡Diiiigaaaaa! –aquella voz sonó muy suave. Aterciopelada. Edulcorada. Babosa.

Colgó bruscamente. Le resultaba muy familiar. «¡Piensa, Beatriz!», se repetía... Volvió a marcar. Necesitaba algo más que ese «¡Diiigaaaa!» por el que no acababa de reconocer la voz. Esta vez, tras el primer tono, la interlocutora anónima descolgó.

–Sí, dígameeee –contestó de nuevo con suavidad y arrastrando las vocales.

Beatriz cortó la comunicación. Había sido suficiente. Su

indignación crecía por momentos. «¡Ya está!... ¡Cabrón! Ya te tengo. ¿Cómo me has podido hacer eso?» Se echó a llorar... Mónica, que andaba tan entretenida con sus llaves de plástico multicolores, las echó a un lado y empezó a reclamar sus brazos.

Beatriz estaba bloqueada. ¡Áurea! ¡No podía ser! La secretaria de su marido la había traicionado. Arturo la había traicionado. ¡Todo era una auténtica mierda! «Nada vale la pena. Todo es mentira. El cariño que me demostraba Áurea era pura farsa.» La mosquita muerta, doña Sonrisas, la de los ojos embobados cuando miraba a su jefe..., ahí estaba ahora, ocupando su lugar.

Y pensar que ella misma la había seleccionado entre las chicas que se presentaron para el puesto de secretaria. Cuando la vio, pensó que encajaba perfectamente con el perfil requerido. Era una chiquita veinte años más joven que Arturo y, aunque no tenía muchos conocimientos, parecía bastante dispuesta a aprender. ¡Y vaya si aprendió...!

Pero ¿por qué Arturo no le había comentado nada? ¿Por qué negaba la evidencia una y otra vez? ¿Por qué cuando le preguntaba si había otra persona en su vida, lo negaba e incluso le hacía ver que era su cabeza la que no funcionaba? ¡Demasiados porqués sin contestación!

El primer impulso de Beatriz fue recoger sus cosas e irse de casa con su hija. ¡La única verdad entre tanta porquería! ¡Qué desilusión! ¡Cuánta patraña! No podía pensar. Dejó a la niña en la cuna y empezó a bajar maletas. Se iba con sus padres. No aguantaba ni un minuto más en aquella casa. Mónica seguía los movimientos de su madre con los ojos muy abiertos. No entendía qué pasaba, pero percibía que no era el momento de llorar.

Entonces Beatriz empezó a tirar al suelo compulsivamente todos los vestidos. Abrió los cajones y sacó con rabia toda la ropa interior arrojándola también al suelo. Luego se sentó derrumbada en la cama y se echó a llorar, gimiendo y lamentándose una y otra vez: «¿Cómo me ha podido hacer eso?».

Abrió el armario de su marido y cogió el batín rojo que tantas veces había usado. Hundió la cara en él y así estuvo durante un largo rato... Hasta que la interrumpió el timbre del teléfono. No quería cogerlo, pero sí saber quién llamaba. Conectó rápidamente el contestador automático y escuchó:

–Hola, cariño, soy yo. No me esperes a cenar esta noche. Se me ha complicado el trabajo. Estoy con un cliente que puede ser importante para mí. ¡Acuéstate! Da un beso a la gordita.

–¡Hijo de puta! –dijo chillando al contestador–. ¿Qué te importa la niña? ¡Sé perfectamente lo que estás haciendo! ¡Quédate con esa zorra y no vuelvas jamás con nosotras!

Beatriz no se reconocía. No supo el odio que llevaba dentro, hasta que empezó a lanzar todo tipo de insultos. Ninguno le parecía suficiente. Necesitaba descargar su rabia y contarle a alguien su hallazgo, que su marido había muerto. Que estaba muerto, bien muerto para ella... Aunque no podía llorarle como se llora a los muertos.

Tampoco era una viuda a la que la gente acudiría a expresar sus condolencias. En realidad pasaría a formar parte de esos entes descatalogados, los separados. Ésos a los que los casados –bien o mal casados– evitan porque sin su pareja oficial ya no son nada. La fuerza, el poder, lo da el matrimonio. El orden social así lo establece. La ruptura de la relación conllevaría a su vez un sinfín de rupturas. De golpe era como si todo el camino andado se borrara y hubiera que empezar de cero...

En esas elucubraciones estaba la mente de Beatriz cuando su hija, olvidada en la cuna, empezó a llorar.

–¡La niña! –exclamó.

Se fue corriendo a la habitación, donde la pequeña lloraba desconsolada, y que poco antes había dejado hecha un auténtico desastre: no se veía el suelo, tapado con vestidos, trajes de chaqueta, ropa interior y las maletas.

Lo primero era la niña. La estrechó entre sus brazos, en un acto impulsivo que, a partir de entonces, se haría repetitivo. Se la llevó a la cocina para prepararle la papilla, un paréntesis en aquella aciaga noche en la que su futuro saltaba en mil pedazos. Ahogó las lágrimas con una forzada sonrisa, mientras daba la cena a la niña.

–Vamos, Mónica –le decía–, date prisa, que mamá tiene muchas cosas que hacer. Esta noche procura dormir, ¿eh? Por favor, hazlo por mí. Cariño mío, si tú supieras... Ahora tengo que pensar en las dos. Nos tenemos la una a la otra... Estamos solas, Mónica. Solas...

Cuando terminó, llevó la niña a la cuna. Se había pasado su hora, y costó que se durmiera. Cuando la venció el sueño, Beatriz aprovechó para colocarlo todo de nuevo. Colgó sin orden los vestidos en las perchas, puso las maletas en el estante superior y guardó, sin doblar, la ropa interior. Aparentemente todo volvía a estar como siempre aunque ya nada era igual.

Como decidió no romper su secreto esa noche, se fue a la cama antes de que su marido regresara de visitar a su «cliente». Mejor que no le viera ni la cara, pues a veces tenía la sensación de que su marido poseía la capacidad de leerle el pensamiento.

Cerró los ojos y se imaginó a Áurea en brazos de Arturo, diciéndole ese «cariiiño» arrastrado, como sólo ella era capaz de decir. ¡Y pensar que tan sólo hacía unos días se había ofrecido a acompañarla para elegir el regalo de cumpleaños para Arturo!

«¡Idiota de mí! –se decía a sí misma–, llegué a decirle agradecida, sí, agradecida, ¡ja!, que lo conocía casi mejor que yo. Y ella reía con la misma risita nerviosa que me desconcertó en mi fiesta de cumpleaños sorpresa. Lo recuerdo perfectamente.»

No podía imaginarse a Arturo besándola en la oficina, en el coche o en el escondite que seguramente tendrían para verse, y luego, por la noche, cumpliendo, mejor dicho, mal cumpliendo como marido amantísimo. ¿Hasta cuándo pensaría ocultar aquella situación? Era tan cobarde que esperaría que las cosas se arreglaran por sí mismas. Optaría por no hacer nada y continuar así de por vida.

Pero eso no sucedería, pues, para Beatriz, su esposo estaba muerto. Faltaba enterrarlo, pero no sabía cómo. De pronto, vio una luz entre tanta oscuridad. A lo mejor, él todavía la quería y la secretaria era un capricho pasajero. Igual que le ocurría a su amiga Fátima con Julio. Había llegado a la edad crítica de los cuarenta y, seguramente, acostarse con una joven de veinte años no pasaba de ser una aventura.

Por otro lado, quería pensar que se trataba de una pesadilla. Era imposible. Arturo, siempre tan detallista, tan enamorado. Es más, había sido él quien se dedicó a perseguirla cuando estudiaban Derecho, él quien insistió tanto tiempo... ¿Cómo podía haber llegado a ser el protagonista de un episodio más propio de su jefe, Baldo, que de él?

«¿Qué ha podido pasar? ¿Por qué ocurre esto justo ahora que la niña cumple un año y empezábamos a estar más libres? Probablemente me he descuidado mucho –pensaba–. El embarazo me dejó muy mal. Si me cuidara un poco más, a lo mejor volvería a fijarse en mí. Pero ¿qué estoy pensando? ¡Ni hablar! ¿Dónde está mi orgullo? Merecía que me hubiera informado de lo que ocurría y no ocultar esta relación, que a saber desde cuándo existe.»

Estaba en aquel mar de dudas cuando la puerta de casa se abrió. ¡Llegaba Arturo! Cerró sigilosamente. Se acercaba por el pasillo... No se escuchaban sus pasos, iba descalzo con los zapatos en la mano. Tropezó con algo y, justo en aquel momento, un relámpago iluminó la habitación. Empezaba a llover intensamente. Una noche con todos los ingredientes para echar a correr; pero ella aguantaba allí, tumbada en la cama, haciéndose la dormida.

Él se desvistió y se metió en la cama con mucho sigilo. Beatriz, a pesar de estar de espaldas, percibió rápidamente el olor a alcohol de su aliento mezclado con otro que no acababa de identificar, pero que, sin duda, era perfume de mujer.

Sentía asco, repugnancia y para evitar el más mínimo roce, se movió hacia el filo de la cama. Así permaneció, inmóvil, hasta que Arturo se durmió.

La cama ya no era la cama. Desde aquel momento era una tortura insoportable, una losa psicológica que hacía la noche pesada e interminable. Los truenos de aquella fabulosa tormenta competían con los ronquidos de Arturo rompiendo periódicamente el silencio de la madrugada. Beatriz no aguantó más y se levantó.

Tenía que encontrar más pruebas, así que rebuscó entre los bolsillos del traje azul que había llevado esa tarde. No encontró nada. Sólo unas llaves agrupadas en una arandela de hierro. No sabía de dónde eran. También descubrió una factura de una cena. No conocía el restaurante: La Gaviota. La calle: López de Hoyos, número ciento veinte... López de Hoyos, ¡otra vez esa calle! La misma en la que aparcó el coche en doble fila, la de la multa. Lo guardó todo de nuevo en el bolsillo.

Tenía mucho miedo, empezó a temblar. La tormenta. La noche. Arturo muerto. Y Mónica, sobresaltada, que lloriqueaba. La cogió en sus brazos. Volvió a la cama, muy despacio, con mucho cuidado para que el «difunto» no se despertara. No quería ni rozarle.

La noche se hizo eterna. Amaneció abrazada a su hija.

Capítulo 3

Pasaron dos días antes de que Beatriz estallara. El día anterior habían tenido una fuerte discusión. Él seguía con sus argumentos: «¿Qué te pasa? Te noto muy rara, no quiero oír más tonterías. Te estás volviendo loca»... Luego vinieron muchos portazos. La salida de casa al trabajo sin esperarla. Silencios que ahogaban. Ella ya no podía más.

Aquella mañana, ante el espejo de los aseos del banco, se inquietó al comprobar la palidez de su rostro cada vez más demacrado. Llevaba dos noches sin dormir y las ojeras ya eran imposibles de disimular. Su aspecto la delataba, tanto era así que sus compañeros y su jefe notaron que algo le sucedía. Tuvo que decir que estaba preocupada por la salud de su padre. Y realmente así era. Los problemas nunca vienen solos. Casi siempre lo hacen a pares. En esta ocasión, también.

Cuando regresó a casa, decidió que de esa noche no pasaba. Tenía que informar a su marido de que llevaba cuarenta y ocho horas muerto. Mientras esperaba su llegada, empezó a mirar uno a uno los álbumes de fotos. En una de las estanterías de la biblioteca del comedor estaban resumidos sus catorce años de matrimonio.

Cogió el de la boda. Allí estaban ellos dos partiendo, con una espada, la tarta de seis pisos. Parecían felices. Ella llevaba el tradicional vestido blanco. Muy ceñido a la cintura en contraste con el amplio vuelo de la falda de seda natural. El diseño no estaba muy conseguido. La modista lo había sacado de una revista; sin embargo, nunca quedó igual. Por su parte, el novio vestía el clásico chaqué. No hubo forma de quitarle la idea, y eso que a Beatriz no le gustaba nada que vistiera de «pingüino». Pero él decía que para una vez que se iba a casar en la vida, lo haría a lo grande.

En la foto, se les veía a los dos muy sonrientes, pero ella recordaba perfectamente cómo aquel día no había sido tan dichoso; todo eran dudas. Mientras avanzaba por el pasillo central de la iglesia, del brazo de su padre, tuvo ganas de darse la vuelta e irse corriendo. Probablemente el padrino hubiera aplaudido su reacción. Nunca le cayó bien Arturo. Pero no, llegó hasta el altar y allí, el que se iba a convertir en su marido, le dijo:

–Estás maravillosa...

Los ojos de Arturo irradiaban felicidad. Había conseguido su sueño: casarse con Beatriz. Además, a la vez que contraía matrimonio, ganaba una apuesta con sus mejores amigos, que le habían augurado que jamás conseguiría casarse con ella. Y allí estaban los dos, al fin, uniendo sus manos y diciendo «sí, quiero», como corresponde a dos enamorados...

Beatriz supo con el tiempo que aquello que sentía por él no era amor, pero aprendió a quererle. Habían sido demasiados años de noviazgo. Demasiados lazos familiares... No tuvo valor para decir que no. Prefirió seguir adelante con aquella relación en la que nadie, ni siquiera ella, creía.

¡Cuántos recuerdos mirando las fotos de la boda! Cuando quiso darse cuenta, estaba llorando a lágrima viva. No recordaba haber tenido un llanto así desde que era una niña... Era un lloro sin consuelo, que no encontraba su fin. Se autoalimentaba. Cuanto más sollozaba, más ganas tenía de continuar haciéndolo. Afortunadamente, estaba sola. Mónica se encontraba con la abuela, que había accedido a quedarse esa noche con la niña. Al pedirle el favor, Beatriz adujo que tenía que dormir después de varias noches de insomnio. De lo que no informó a su madre fue del motivo del mismo.

Arturo tardaba. Como todas las tardes, retrasaba su llegada a casa. Alegaría, seguro, una buena excusa. Siempre la tenía.

Aquellos dos últimos días habían sido suficientes para que las ilusiones construidas durante años se resquebrajaran, se rompieran, se hicieran añicos. Era absurdo intentar recomponer nada. Tenía la sensación de que la vida tiraba de ella. La llevaba como a remolque. No sabía a ciencia cierta si podría soportar el peso del vacío, del fracaso, de la nada.

Si no fuera porque tenía una hija, ella ya estaría lejos de esas cuatro paredes. Le habría apetecido huir, empezar desde cero, en otra ciudad, en otro trabajo y con otra identidad. Inventarse un pasado y comenzar de nuevo. Pero... no podía ser. La niña le impedía desligarse de su entorno y de su realidad.

El silencio se rompió de repente. Se oía el ascensor. Se paró en el sexto piso. Era él. Venía silbando, contento, ajeno a toda la catarsis que se vivía en su hogar. Introdujo la llave en la cerradura y abrió la puerta.

–¿Hay alguien en casa? –dijo en voz alta.

Beatriz no le contestó. Guardó rápidamente el álbum de fotos y volvió a sentarse en el sofá del salón. No cogió ninguna revista para disimular, ni puso la televisión. Simplemente se secó las lágrimas que aún caían por sus mejillas y clavó la mirada en un punto fijo. Arturo, mientras, se asomaba a todas las habitaciones del piso, buscándola. Ella no iba a contestar, ¿para qué?

Después de un breve recorrido, Arturo dio con ella.

–¿Te cuesta contestarme? ¿No me puedes decir «Sí, estamos aquí»?

–No puedo responder «estamos aquí» porque estoy sola –le contestó.

–Y la niña, ¿dónde está?

–¿Te preocupa mucho dónde pueda estar la niña? No has llamado en todo el día para preguntar por ella. De modo que es igual dónde esté la niña. A ti no te importa.

–¿Se puede saber qué te pasa ahora?

–Sí se puede saber, porque, de hecho, estoy aquí sola para eso. Sé que me estás engañando...

–Si vas a empezar con esas tonterías, me voy... Tienes que arreglar tu cabeza, que cada día está peor, y, luego, valorarás lo que tienes en tu casa, que parece que no te enteras –Arturo hizo ademán de irse.

–¿Quieres que te enseñe las fotos? –le propuso Beatriz.

Al instante se quedó clavado. Retrocedió lo andado y se sentó en el sofá.

–¿Qué has querido decir?

–Lo que has oído. Que si quieres te enseño las fotos que tengo tuyas con esa puta.

–¿Con qué puta? ¡Eso es mentira!

–¡Espera! A ver si ella lo recuerda. Vamos a llamarla. –Beatriz dijo uno por uno los números del teléfono.

–¡No! ¡Cuelga! –él se apresuró a arrebatarle el teléfono y a cortar la comunicación–. Espera, puedo explicártelo todo.

–No tienes nada que explicarme. Quiero que te vayas hoy mismo de casa. No quiero verte cerca de nosotras...

Beatriz había soltado el órdago de las fotos, sin tenerlas. Le había salido bien, el número de teléfono fue concluyente. Arturo ya era consciente de que estaba... muerto.

–Yo, Beatriz, te quiero mucho... No sé cómo ha podido ocurrir...

Se echó a llorar. Se tapó la cara con las manos y así estuvo durante un buen rato. Ella, que había estado sin inmutarse durante toda la conversación, también empezó a llorar. Durante unos minutos sólo se escuchaban sollozos. Ya más calmada, Beatriz le reprochó:

–¿Cómo me has podido engañar, Arturo? ¿Por qué no me has dicho nada durante todo este tiempo?

Él no contestaba. Estaba completamente derrumbado. Veía como todo lo que habían construido juntos durante años, se desmoronaba en un segundo. Nunca pensó que ese momento pudiera llegar. Se sentía un miserable.

Había empezado a tontear con Áurea para alimentar su ego. Necesitaba quitarse años de encima, sentirse libre, sin ataduras y capaz de enamorar a una jovencita. Cambió de hábitos. Los trajes oscuros por los claros. La colonia por un perfume de marca. Se echaba mucho, le gustaba ir dejando una olorosa estela. También abandonó los calzoncillos blancos tradicionales por los de media pierna de colores. El pelo, que lo había llevado siempre al uno, se lo había dejado más largo...

Cuando la transformación se hizo evidente, la hermana de Beatriz, Encarnación, la alertó en más de una ocasión.

–No te fíes nunca de un hombre que, después de muchos años de matrimonio, cambia radicalmente. Seguro que la explicación es que merodea a su alrededor alguna lagarta.

Las carcajadas de Arturo, cada vez que oía aquella afirmación en boca de su cuñada, interrumpían la argumentación, dándola por zanjada. Beatriz, por su parte, le seguía en las risas, sin dar crédito a sus palabras.

–Tendrás que irte de casa –volvió Beatriz a la carga, rompiendo el sonido de los sollozos.

En el fondo, deseaba que su marido pidiera perdón. Quería escuchar –aunque ella se hiciera la dura e intransigente– que la relación con su secretaria era un mero capricho, una tontería.

–Dame tiempo, Beatriz, dame tiempo. Por favor.

–El mismo tiempo que me has dado tú para saber que algo pasaba en nuestro matrimonio. O sea, ninguno.

–No tengo adónde ir. No querrás que vuelva a casa de mis padres. Te pido que me des tiempo para ver qué hago con mi vida. Además, ésta también es mi casa. No me puedes echar de ella.

Los dos habían estudiado Derecho, aunque no eran abogados en ejercicio, y sabían perfectamente que el primer consejo que se da a un matrimonio en conflicto es no abandonar el hogar conyugal.

–Está bien –respondió ella–. Dormirás en otra habitación. No quiero tener nada contigo –según terminó la frase, se le quebró la voz y volvieron las lágrimas.

Arturo la cogió por los hombros y la abrazó. Después, le sujetó el rostro con las manos, le enjugó las lágrimas y la besó en la boca. Ella se dejó besar. Era volver el tiempo atrás, como si nada pasara... La ilusión duró unos segundos. Inmediatamente, Beatriz respiró hondo, cogió fuerzas y le dijo:

–Nunca, jamás, vuelvas a repetir lo que has hecho.

–Perdona. No sé qué me ha pasado. Estoy tan confuso.

–Veo que no me dices que te arrepientes. Eso es que lleváis ya mucho juntos. ¿Me equivoco?

–No tanto.

–Tengo pruebas que atestiguan que desde antes de nacer Mónica... –volvió Beatriz a echar un órdago, para conseguir más información.

–¿Quién ha sido el que te lo ha dicho? El bocazas de mi jefe, ¿verdad? Mañana cuando vea a Baldo le daré las gracias por ir de chivato. Ya verá cuando me encuentre a su mujer lo que le voy a contar de sus correrías con otras...

Beatriz se quedó muda. Sin respiración. Dijo aquella fecha como podía haber dicho otra. Pero ahora sabía que la traición era mucho mayor de lo que pensaba. ¡Llevaban juntos más de un año! Desde antes de nacer la niña. Mientras ella estaba embarazada, su marido se liaba con la secretaria, que, a la vez, se hacía la cariñosa y la imprescindible con ella. Recordaba las llamadas de Áurea, preguntándole si necesitaba algo o si se encontraba bien.

–¡Hooola! Beatriz, soy Áurea –siempre hablaba arrastrando las vocales, para aterciopelar más las palabras. Si fuera animal, sería un gato siamés de los que pasan una y otra vez por tu lado, rozándote con el lomo–. ¿Quéee taaal te ha ido hoooy el día?

Era la llamada obligada, más que por cortesía, ahora lo veía claro, por tenerla controlada. Era la forma más eficaz de apuntalar las patrañas de su infiel marido.

–Arturo tiene un negocio muy importante entre manos. Está detrás de las nóminas de los restaurantes italianos Gofredo y puede ser una operación muy beneficiosa para el banco. De ésta, seguro que le ascienden. Lo único malo es que esta semana llegará tarde todos los días...

Así se sucedían las semanas. Cuando no era un negocio, eran horas extras en el banco. Baldo se lo consentía. Sabía demasiado sobre él como para no tenerle contento... y con la boca cerrada.

Beatriz había sido incapaz de pensar, meses antes, que su amantísimo esposo mantenía una relación con otra mujer. Siempre había sido el eterno enamorado, el que escribía poesías, el que hacía regalos inesperados. ¡Cuántas veces había escuchado a sus amigas confesar que sentían envidia de que tuviera un marido tan detallista!

Lo que Beatriz callaba siempre eran sus secretos de dormitorio. Los guardaba celosamente. No sólo no lo comentaba en voz alta, delante de sus amigas, sino que ni se atrevía a pensar en las noches en las que tenía que «cumplir» como mujer, pero sólo eso. Representaban un auténtico sacrificio para ella. Incluso, en ocasiones, rezaba para que las manecillas del reloj caminaran más aprisa.

Ahora estaban frente a frente como dos personas que se

acaban de descubrir después de haber estado muchos años, con las máscaras puestas, protagonizando una farsa sin sentido. Se miraban en silencio, sin pronunciar palabra, porque no tenían nada que decirse. Completamente abatidos, desfondados. Los dos se observaban con atención. Beatriz escudriñaba el rostro y los gestos de su marido, intentando descubrir la verdad.

Arturo, en cambio, tenía los ojos fijos en las manos de su mujer. Le encantaba mirarlas. Eran muy blancas y de dedos muy finos. Manos de pianista. Pero su mente se había quedado en blanco. Parecía noqueado. No estaba preparado para que saliera a la luz su doble vida. A partir de aquel momento, ya no haría falta fingir, no serían necesarias las excusas. Había dejado de ser el perfecto padre de familia. El trabajador incansable, para el que no existían fines de semana. Ya todo el mundo sabría que era un farsante, un pobre hombre que se llegó a creer su propia mentira. Ahora tenía que pensar de qué forma desliar la madeja que estaba enmarañada.

Él era un hombre metódico que tomaba precauciones, nunca se imaginó que pudiera ser descubierto. Había tejido una tela de araña perfecta y no podía explicarse qué había hecho mal para que su esposa confirmara sus sospechas haciéndose con una prueba evidente de su infidelidad.

¿Dónde le habría pillado con Áurea?, pensaba Arturo. ¿En el coche? Ellos tomaban sus precauciones, pero era inevitable un beso en la boca cuando se encontraban solos, lejos de la oficina. «¡Seguro que fue en el coche!», se decía a sí mismo. Ahora le obsesionaba qué era lo que su mujer sabía de sus encuentros furtivos. Besarse con su secretaria le proporcionaba una euforia fuera de lo normal. Se le aceleraba el corazón. Le excitaba aquel espíritu transgresor que le invadía con cada beso o caricia prohibidos. Era como volver a los dieciséis años. Cada cita con Áurea le rejuvenecía. Lo que empezó como un juego, una diversión, acabó convirtiéndose en una necesidad.

Andaba Arturo enredado con estas elucubraciones, mientras Beatriz se angustiaba pensando en su hija y en el futuro que les esperaba. No se imaginaba la vida en solitario, sin él. Precisamente por eso aún le odiaba más. «Cabrón, hijo de puta... ¿Por qué? ¿Cómo me has podido hacer esto?», se repetía a sí misma una y otra vez. Nuevamente, la maldición de los Biosca hacía acto de presencia. Ni un solo matrimonio acababa bien, y el suyo no iba a ser una excepción.

Beatriz volvió a ser la primera en hablar.

–¿Por qué te has empeñado en negarme que existía otra mujer? Me tratabas como si estuviera loca. ¡Loca! Ya ves mi locura en qué ha acabado.

Él no respondió. Su boca se quedó completamente sellada. Sonó el teléfono. Ninguno de los dos quería descolgarlo y fingir que todo estaba igual que siempre. Al rato cesaron las llamadas. Un respiro entre tanta tensión. Duró poco, porque volvió a sonar. Finalmente, Beatriz contestó.

–¡Sí! ¡Dígame!

–¡Hola, Beatriz! Soy yo, Rosa.

Su antigua compañera de clase tenía el don de la oportunidad. Llamaba sólo una o dos veces al año y, siempre, en el peor de los momentos.

–¡Ah! ¡Hola, Rosa!

–Chica, con qué poco entusiasmo me hablas. ¿Llamo en mal momento?

–No, mal momento no,... –«peor imposible», se dijo para sus adentros–. Es que Mónica anda un poco pachucha y ya sabes lo preocupona que soy.

–Eres una exagerada. Preocúpate más por ti y por Arturo que por la niña, que luego los hijos son unos desagradecidos. El otro día vi a tu marido, ¿sabes?

–¿Sí? ¿Dónde?

–Iba con mucha prisa, por poco me lo trago al cruzar. Salía de una casa de López de Hoyos, ya bastante tarde...

–Mira, Rosa, te voy a dejar porque me parece que la niña se ha despertado...

–Bueno, pues pásame con Arturo. ¡Un beso!

Beatriz soltó el teléfono con rabia sobre el sillón. Y le indicó a Arturo que se pusiera... Éste hizo con la mano un gesto de no querer. Beatriz se encogió de hombros y se fue de la habitación... Finalmente, contestó.

–¿Qué tal, Rosa? ¿Cómo andas?

Era un maestro en fingir. Su voz sonaba igual que siempre.

–Muy bien... Oye, os llamaba por si quedábamos a cenar el próximo fin de semana. ¿Qué te parece?

–¡Estupendo! ¿Dónde preferís, en vuestra casa o en la nuestra?

–Pues casi que en la vuestra, porque seguro que Beatriz no quiere dejar a la niña con nadie. ¿Me equivoco?

–No, no te equivocas. Ya sabes cómo es...

–Venga, te dejo. Nos pasaremos por vuestra casa como a las nueve el sábado. ¡Cuídate!, por lo menos hasta el sábado. ¡Un beso!

–Adiós.

Había quedado con Rosa y Juan, su marido, para el sábado, como si nada pasara. No sabía qué ocurriría el sábado, pero, de momento, que nadie notara nada. Todo debía seguir como hasta ahora.

Buscó a Beatriz por la casa, hasta que encontró la puerta del dormitorio cerrada. Dio con los nudillos unos golpecitos. No obtuvo respuesta, así que insistió... Finalmente, la puerta se abrió.

–¿Qué es lo que quieres?

–¡Entrar!

–Recoge tus cosas y no vuelvas a entrar más en esta habitación, Arturo.

–Pero entonces, ¿dónde voy a dormir yo?

–En el cuarto de los invitados. Abres el sofá-cama y te acuestas ahí.

–Si hemos estado durmiendo juntos hasta hoy, ¿qué cambia el que lo hagamos un día más?

–¡Todo! ¿O es que todavía no te has dado cuenta de que para mí estás muerto?

–Por Dios, Beatriz, piensa un poco lo que dices. Debemos meditar cualquier paso que demos.

–Yo ya he meditado mucho y quiero que, cuanto antes, te vayas de esta habitación, de esta casa, de mi vida...

Empezó a recoger su pijama, sus zapatillas... Mientras ella, indignada, le seguía increpando.

–No te hagas la víctima, porque no lo eres.

Cuando su mujer se enfadaba, Arturo siempre hacía lo mismo: se callaba, hasta que pasaba la primera explosión de cólera.

–Como siempre –continuó– prefieres callar. Yo esperaba, al menos, una justificación, que pidieras perdón, pero no. Tú callas.

–Sabes que me siento muy mal. No imaginé que pudiera darse esta situación entre nosotros dos.

Se hizo de nuevo el silencio, hasta que Beatriz volvió con las preguntas.

–¿Cuándo dejaste de quererme?

–Beatriz, si no he dejado de quererte nunca. ¡Yo te quiero!

–¿Me estás diciendo que nuestro matrimonio tiene solución? ¿Que tus citas con Áurea no tienen importancia, que son una tontería?

–No puedo decirte eso.

–¡Ya!

Arturo estaba completamente confuso. Por un lado sentía pánico de dar el paso definitivo y, por otro, era consciente de que su matrimonio no tenía arreglo. De intentarlo, siempre aparecería la sombra de Áurea... Pero tampoco concebía la vida sin Beatriz a su lado. Era ella quien ponía un poco de orden en su caótica forma de ser: se ocupaba de supervisar todo lo de la casa, de organizar las vacaciones y los fines de semana. Invertía los ahorros, aunque últimamente él se había hecho cargo de ellos para tener plena libertad a la hora de gastarlos. Cuando Beatriz le preguntaba en qué, siempre contestaba lo mismo: «Ten confianza en mí!».

Le daba mucha inseguridad a Arturo imaginarse su vida sin ella. De momento, hasta ver cómo se resolvía todo, optó por quedarse de «okupa» dentro de su propia casa.

Esa noche, apenas pudo pegar ojo, porque estaba intranquilo. Se pasó las horas en blanco, dando vueltas de un lado a otro de la cama. En cuanto la casa se quedó en silencio, llamó por el móvil a su secretaria-amante.

–Hola, Áurea. No te asustes. Soy yo.

–¿Cómo es que llamas a estas horas? ¿Te pasa algo?

–Beatriz. Sabe lo nuestro.

La secretaria se sentía incapaz de hacer ninguna pregunta ni comentario. Se quedó sin habla. Habían sido descubiertos.

–Áurea, ¿me escuchas? ¿Estás ahí?

–Sí –no pudo decir más.

–¡Escúchame! Beatriz ha tenido que poner un detective porque al parecer tiene fotos de los dos besándonos. ¿Ves? Te dije que guardaras tu pasión para nuestra intimidad y no me hiciste caso.

Se echó a llorar y siguió sin contestar. Se sentía igual que una niña a la que pillan cogiendo un caramelo. Sólo que, en esta ocasión, no era algo tan banal como un caramelo. Estaban en juego los destinos de muchas personas.

–¿Y qué va a pasar ahora, Arturo?

–Lo nuestro ya no tiene marcha atrás. Tenemos que seguir para adelante.

Áurea no sabía muy bien qué significaba aquello, pero no le acababa de gustar. En el trabajo la etiquetarían como la amante del jefe y, además, se vería obligada a enterrar su juventud en manos del cuarentón de Arturo, con sus manías sexuales y con sus achaques.

Muchas veces miraba con envidia a las parejas de jóvenes. Entre ella y su amante había veinte años de diferencia, pero se le olvidaban cuando le regalaba un anillo, una gargantilla o una pulsera. Por cierto, sabía que Beatriz y ella tenían una pulsera igual, porque una amiga del matrimonio descubrió a Arturo eligiendo un regalo a su secretaria. Así que, después, tuvo que comprar otra igual a su mujer para disimular.

También Arturo la ayudó a comprarse un coche tipo ranchera, como en realidad le gustaban a él. Ella no tenía ningún escrúpulo. Le encantaba la opulencia y achuchaba a su jefe para que fuera cada vez más detallista.

Llegó un momento en que éste gastaba más en su secretaria que en su familia. Pero siempre le decía a Beatriz que no le persiguiera con tantas preguntas. Tenía el dinero invertido, le contestaba siempre, y algún día le daría una sorpresa.

Y la sorpresa, desde luego, llegó cuando aparecieron en sus vidas los abogados.

Capítulo 4

En un principio nadie creyó que la crisis fuera definitiva. La noticia corrió como la pólvora entre los amigos y también entre los enemigos. En la familia fue una bomba, pues ninguno lo esperaba. Ni siquiera el padre de Beatriz, que detestaba al mequetrefe de su yerno, podía creerse que el matrimonio de su hija estuviera a punto de naufragar.

Los padres de Arturo se pusieron del lado de Beatriz. Era inconcebible, decían, que su hijo se liara con la secretaria teniendo un bebé de un año. Todas las ilusiones que habían puesto en él se resquebrajaban.

–Sabía que mi hijo acabaría mal. Lo sabía –se repetía una y otra vez la madre de Arturo.

Poco a poco, las amistades dejaron de llamar por teléfono. Se resistían a tomar partido por uno de los dos. Ya la había avisado Carolina, la mujer de Baldo:

–Espero que no nos lo pongáis difícil a los amigos. Os queremos a los dos y tienes que entender que nos gusta compartir buenos momentos con ambos.

En cambio, Beatriz se mostraba inflexible y así se lo fue diciendo uno a uno a todos los amigos comunes.

–El que se vea con Arturo y esa furcia, a mí me deja de ver el pelo. Lo tomaré como una traición. No me puedo ni imaginar que me sustituyáis por otra con semejante facilidad. ¿Hasta ayer cenabais con él y conmigo y ahora lo haréis con él y con esa puta?

Éste era el constante mensaje de Beatriz. Consideraba una deslealtad que sus íntimos se viesen con Arturo en compañía de su amante.

–No puede ser que os conforméis –argumentaba–. A mí no me vale aquello de «a rey muerto, rey puesto». Ésta no es una separación porque el matrimonio fuera mal, es una separación porque al marido de vuestra amiga lo han pillado con su secretaria. ¿Es que no entendéis mi postura?

Así estuvo Beatriz haciendo campaña con unos y con otros, pero muy pronto comprendió que la sociedad disculpa perfectamente al hombre que tiene una amante e, incluso, dos. Por lo tanto, la mujer separada queda en terreno de nadie. Descatalogada socialmente y con el eterno estigma de «algo habrá hecho para que no la aguante ni su marido».

La primera semana se hizo especialmente dura porque hubo que llamar uno a uno a los miembros de la familia, hablar en el trabajo de la nueva situación y, a los amigos, decirles que se acabaron las cenas de matrimonios.

Mientras tanto, Beatriz y Arturo seguían viviendo bajo el mismo techo. No se dirigían la palabra. Cada uno ocupaba una habitación. Coincidían como mucho en las comidas, las cuales, por supuesto, transcurrían en silencio. El único diálogo que se escuchaba era el que ocasionalmente mantenían con la niña, a la que, a pesar de ser tan pequeña, no lograban engañar.

Intuía que algo malo pasaba, por lo que acaparaba toda la atención con llantos incesantes y noches en vela.

Afortunadamente, Arturo viajó más que nunca. O al menos, eso decía. Pero siempre terminaba volviendo.

Beatriz tuvo la tentación de poner todas sus cosas en una maleta durante uno de aquellos viajes para que se las encontrara en la calle a su regreso. También se le pasó por la cabeza llevárselo todo y así, cuando volviera, no hallaría en la casa nada más que paredes y los cuatro trastos que había aportado él al matrimonio. Sin embargo, no lo hizo.

Al cabo de un mes aproximadamente, estimó que había llegado la hora de poner fin a tan absurda situación. Entonces se acordó de Ramón, el número uno de su misma promoción, para que se encargase de su divorcio. Le costó dar con él. Nadie sabía de su paradero. Al final, fue Aurora, la madre de Beatriz, la que localizó el bufete del que era socio.

La misma mañana que ella le dejó recado en el despacho, él le devolvió la llamada. Al oír su voz, el tiempo dio marcha atrás y le vino a la memoria su época de universitaria.

–¿En qué te puedo ayudar, Bea? –le dijo familiarmente Ramón, y eso que hacía más de diez años que no se veían.

–Verás, necesito que me asesores en un asunto del que prefiero no hablar por teléfono.

–¡Pero si tú sabes más derecho que yo! En fin, cuenta conmigo para lo que quieras. Vente mañana, si puedes.

–Muy bien. Allí estaré en cuanto salga del banco. ¿Me podrás esperar?

–¡Claro que sí!

–¡Adiós, Ramón!

–¡Hasta mañana!

Al día siguiente, Beatriz apenas podía con sus piernas. Andaba arrastrando los pies, absorta en su mundo. Tanto era así que se llegó a perder por calles que conocía sin terminar de localizar el bufete. Era como si mirara sin ver.

A punto ya de parar un taxi para volver a casa, reconoció el portal que buscaba. Una placa anunciaba el bufete de su amigo: Romero y Asociados. Era grande y llamativa. Dudó si entrar o no. Sabía que aquel paso era definitivo y que, de todas formas, cambiaría sus vidas para siempre. La suya ya estaba en un punto sin retorno. Ahora tocaba pelear y lo iba a hacer con todas las armas a su alcance.

Tocó el timbre. Tragó saliva y recompuso la cara antes de que se abriera la puerta. Esbozó una ligera sonrisa y se atusó el cabello con la mano. El caso era que no se escuchaba ni un solo ruido en el interior. Lo intentó de nuevo. Ahora llamó, al menos, cinco veces.

Cuando ya se daba por vencida, escuchó a lo lejos unos pasos que se ecercaban rotundos y vigorosos. ¡Por fin se abrió la puerta!

Apareció ante ella un hombre grueso que se quedó mirándola sin decir nada. Beatriz no salía de su asombro. Aquella inmensa mole de carne debía de ser Ramón. ¡Cuánto había cambiado! Ya ni sus ojos le resultaban reconocibles.

–¿Ramón? –dijo tímidamente.

El hombre aquel soltó una sonora carcajada y con un amable gesto la invitó a pasar.

Seguía riéndose por el pasillo del bufete, como si ese

«¿Ramón?» hubiera sido el chiste más desternillante que hubiera oído nunca. Ella sintió ganas de plantarle cara y dedicarle un sencillo «¡Vete a la mierda!», pero se contuvo. Distraída con estos pensamientos, no se dio cuenta de que el hombre se había detenido y chocó con él, lo que provocó de nuevo sus risas desacompasadas. Un simple giro de muñeca y se abrió una enorme puerta blanca de dos hojas. Al fondo de un larguísimo despacho se distinguía una figura masculina. Hablaba con alguien por teléfono. Estaba de espaldas... Debía de ser Ramón.

Respiró profundamente y se sintió aliviada al comprobar que el hombre de la risa compulsiva no era la persona que buscaba. Se fue acercando poco a poco a la mesa y se tranquilizó al reconocer la voz del amigo de la facultad.

Era muy evidente que le iban bien las cosas, pero le pareció un poco estúpido que siguiera su conversación, sin tan siquiera darse la vuelta y dirigirle un saludo.

Beatriz aprovechó aquel signo de prepotencia para inspeccionar la mesa con la mirada. Tenía varias fotos sobre el escritorio, entre ellas un retrato muy artístico. La mujer fotografiada parecía una actriz de cine. Y en las otras dos aparecían dos simpáticos niños.

Concluyó la conversación y, a la vez que colgaba el teléfono, giró su silla.

–*Voilà* –dijo mientras sonreía y abría sus brazos–. ¿Dónde está mi chica favorita?

Había cambiado poco físicamente. Tan sólo unas canas incipientes a la altura de las patillas daban un toque de madurez al poco pelo que todavía conservaba. Vestía de traje azul marino, con una corbata rosa muy atrevida. Le pareció que el cuello de su camisa resultaba demasiado duro, por lo que, con un gesto nervioso, giraba la cabeza repetidamente hacia la ventana.

–Por un momento creí que eras el que me ha abierto la puerta. Me ha tranquilizado mucho verte. ¿Quién es? Me ha resultado algo siniestro.

–¡Es mi socio! Estoy casado con su hermana..., ¡de modo que también es mi cuñado!

Beatriz se quedó clavada. Tenía la costumbre de decir las cosas tal como le venían a la cabeza, lo que, más veces de las deseadas, la metía en situaciones tan azarosas como aquella.

–Bueno –empezó a justificarse–, en realidad lo que he querido decir...

–¡Tienes razón! ¡Es muy siniestro! –interrumpió Ramón.

Como era prácticamente la hora de la comida, el bufete estaba vacío. Le contó Ramón que para poder verse había tenido que aplazar una importante comida, aunque no le importó, pues intuía que algo grave le pasaba.

–No estarías aquí si no fuera porque te separas. ¿Me equivoco?

Beatriz movió la cabeza afirmativamente, mientras él continuó su discurso.

–Estaba clarísimo; para cualquier otra cosa, me habría llamado el sinvergüenza de tu marido.

Lo de sinvergüenza le dolió como una bofetada. No le gustó. Pero lo cierto es que ellos se conocían bien. Fue Arturo el que le propuso vender sus apuntes cuando estudiaban juntos. Así es como empezó a ganar dinero. No había duda de que el calificativo le salió del alma porque entre ellos siempre hubo cierta rivalidad, hasta que la amistad se enfrió el día en que se enteró de que Arturo y Beatriz habían empezado a salir juntos.

Ahora estaban, catorce años después, frente a frente. Era como si el tiempo retrocediera hacia el pasado y se diera de bruces con el presente. Todo parecía como antes, pero ya nada era igual.

–No te preocupes –dijo Ramón–, que le vamos a machacar vivo. ¿Tenéis todo en régimen de gananciales? –inquirió, cada vez más interesado por el asunto.

–Sí...

–¡Ah! ¡Pardilla! Conociendo con quién te casabas, ¿cómo no hiciste separación de bienes? –Su tono, según se iba elevando, se hacía más revanchista.

–Mira, perdona –contestó Beatriz airadamente–, si lo que vas a hacer es dedicarte a insultar a Arturo, me voy... Yo quiero explicarte mi problema y encontrarle una solución.

–Sigues enamorada de él. En ese caso, lo mejor es que acudáis a un mediador familiar para que arregle vuestro matrimonio.

–Mi matrimonio está muerto, mi marido está muerto y creo que yo también estoy muerta. Quiero que me asesores simplemente para ver cómo tengo que arreglar los papeles de la defunción, ¿entiendes?

Después de decir esto, a Beatriz se le quebró la voz. Esta muestra de debilidad suscitaba en los hombres que estaban a su lado cierto paternalismo, lo que había comprobado demasiadas veces en las últimas semanas. Ramón se levantó de su silla y se acercó, cogió su rostro entre las manos y le dijo, guiñándole un ojo, que de ahora en adelante tomaría las riendas de la nueva situación.

A Beatriz le corrió un escalofrío de desagrado por todo el cuerpo. Intuyó que Ramón se creía que su esfuerzo por encontrarle respondía a algo así como a un deseo insatisfecho, a la necesidad desesperada de un elemento masculino en su vida. Y, claro, allí estaba él, brindándose como «apagafuegos».

«Mierda de hombres –pensaba Beatriz para sus adentros–. ¿Qué creerá este imbécil que vengo buscando aquí?» Se puso de pie, apartándole bruscamente y se inventó una excusa para sus prisas:

–A todo esto, se me ha olvidado decirte que tengo una hija y que he de regresar a casa. Gracias por dedicarme tu tiempo. Si te parece, nos vemos dentro de unos días y te explico el caso detenidamente. Nuestra cita de hoy ha servido para reencontrarnos... ¡Ah!, por cierto –dijo señalando la foto que estaba al lado de la de los niños–, muy guapa tu mujer...

–No es mi mujer. ¿No la conoces? Es una de mis mejores clientes. Bárbara Sanders, la vedette del Paralelo. Yo es que viajo mucho a Barcelona por negocios. Tú me entiendes, ¿verdad?

Prefería no entenderle. Necesitaba salir cuanto antes de aquel despacho. Abrió las puertas blancas y se volvió a topar con el siniestro personaje de las sonoras risotadas. Ahora sólo la miraba.

–¡Adiós! Me voy... Tengo mucha prisa. No hace falta que nadie me acompañe, yo sé abrir la puerta. –Se fue con tal precipitación, que los dos socios se quedaron mudos, sin hacer un solo movimiento...

Beatriz bajó corriendo por las escaleras. No quiso ni esperar al ascensor. Salió a la calle, y empezó a caminar sin rumbo, con la respiración todavía agitada. Comprendió que no iba a serle fácil encontrar su mejor defensa. ¡Quién se lo iba a decir! ¡Ramón se había convertido en un ser despreciable! Aquella foto, aquel «tú me entiendes», su guiño de ojo y sus insinuaciones, ¿qué pretendía?

Paró un taxi y regresó a casa. ¡Con qué cara la vería el conductor que no dejó en todo el trayecto de mirar por el retrovisor! De vez en cuando le decía:

–La droga es muy mala. Si al fumar el primer porro supieran el estado de ansiedad que luego les queda cuando tienen el mono, no lo harían. ¿Me equivoco, señorita?

Era lo único que le faltaba, el sermón de un taxista que la confundía con una yonqui. ¿Para qué dar explicaciones? Se limitó a mover la cabeza y a decir que no.

–¿Cuánto es? –preguntó al llegar a casa.

–Seiscientas catorce. ¡Qué pena, tan joven!

–Oiga, señor –le increpó–, ¡no se meta en mi vida! –y cerró la puerta bruscamente.

El taxista, enfadado, asomó la cabeza por la ventanilla y le gritó mientras arrancaba:

–¡Cuando esté tirada por la calle se acordará de mí!

Cerró los ojos. Lo necesitaba. Los cerró con rabia porque las lágrimas se le escapaban y ella pretendía retenerlas a toda costa. Sentía como si todos en el mundo se aliaran contra ella. Mientras reprimía su colera, oyó una voz a sus espaldas...

–No vale la pena que derrames más lágrimas...

Se volvió y vio a un hombre mayor, de pelo blanco, que paseaba un perro *kerry blue terrier*, una raza poco común, igual al que Beatriz tuvo de niña. Parecía un *snauzer* mediano, pero era un *terrier*. Beatriz lo abrazó recordando a su perro. *Trinquete* murió cuando ella tenía quince años. Había sido su compañero fiel. Su aliado. Su mejor amigo. Siempre la esperaba en la puerta de casa ladrando y, al entrar ella, daba saltos y más saltos. Su llegada a casa era una auténtica fiesta para su perro...

–¡*Trinquete*! ¡*Trinquete*! –repetía una y otra vez...

–Señorita –volvió a hablar el hombre mayor–, ni nada ni nadie merece una de sus lágrimas, ¿entiende? La vida merece la pena. Hay que vivirla y lucharla. Usted es muy joven y no puede darse por vencida. Luche por lo que cree. Saque fuerzas de flaqueza. Plántele cara a su destino y diga con fuerza: «¡Hasta aquí y no más!». ¿Me entiende?

Beatriz sólo era capaz de mover la cabeza y decir que sí. Se preguntaba quién sería aquel anciano que iba con un perro que parecía el suyo... Entonces, sonó fuertemente el claxon de un autobús e inmediatamente después un frenazo en seco. Un mensajero se acababa de librar de lo que podía haber sido una muerte segura.

Buscó de nuevo con su mirada al hombre mayor de pelo blanco y al perro que lo acompañaba. Ya no estaban a su lado. Intentó encontrarlos, pero no había ni rastro de ellos.

Últimamente le pasaban cosas muy extrañas. En esa misma tarde, lo del taxista y lo del hombre de pelo cano. El caso es que ya no lloraba. Retumbaban en su pensamiento las palabras de aquel desconocido: «¡Plántale cara al destino! ¡Saca fuerzas! ¡Lucha!».

Se acercó al portal. La puerta estaba abierta, así que no

hizo falta rebuscar en el bolso; las llaves nunca aparecían a la primera. Ya en el ascensor, se acordó de que llevaba días sin abrir el buzón. Había mucha correspondencia... Cartas del banco, cartas de propaganda y, ¡otra vez!, una del ayuntamiento.

Mientras subía a casa, la abrió; venía a nombre de Arturo. Se trataba de una multa. El lugar de la infracción era el mismo que en la anterior –calle López de Hoyos– y el motivo, nuevamente, aparcar en doble fila frente al número ciento veinticinco. Tuvo una corazonada y decidió localizar el lugar: la misma infracción, el mismo sitio... Beatriz ya no pensaba en un cliente. Existía la posibilidad de que aquel lugar estuviera relacionado con su marido y su secretaria.

Era pronto para recoger a la niña de la guardería de modo que, sin comer siquiera, se puso en camino hacia López de Hoyos. Una calle muy céntrica y transitada. Resultaba imposible aparcar. Eso explicaba las frecuentes multas, pues aparcar en doble fila suponía impedir el paso a los autobuses y obligarles a invadir el carril contrario. Husmeó por allí, pero no sirvió de nada. Por otro lado, hubiera sido demasiada casualidad encontrarse con Áurea. Con él, imposible, porque estaba de viaje captando clientes.

«Casi mejor –se dijo a sí misma–. ¡Es cierto que estoy loca! No sé qué hago aquí. ¿Qué hubiera sucedido si me encuentro con esa fulana? Lo mismo le escupo a la cara o la arrastro del pelo. Desde luego, ganas no me faltan.»

Regresó a casa. Esta vez, sin sobresaltos ni apariciones extrañas. «¡Ya está bien por hoy!», pensó. Al llegar a su piso, se quitó los zapatos y se sentó en una silla de la cocina. Por un momento, apoyó la cabeza sobre la mesa y, así, sin hacer nada, dejó pasar los minutos. Pensaba en todo lo sucedido y en lo tremendamente cansada que estaba. Recordó que debía revisar los números de la cuenta corriente, que últimamente tenía tan olvidada. Este año le tocaba hacer la declaración de la renta, algo de lo que siempre se había encargado Arturo. ¡Era demasiado!

Sin embargo, lo más importante era quién le llevaría su defensa. Resultaba evidente que no la dejaría en manos de Ramón. Le habían hablado de una diputada que llevaba muy bien los casos a las mujeres separadas. Y también de un abogado, de minuta alta, que había conseguido separaciones espectaculares a gente famosa. Pero tenía que ser alguien que la conociera y que la conociera bien... Se le ocurrió una idea: podía llevar su propia defensa. ¡Nadie como ella llevaría su caso! Eso sí, de seguir adelante, debería ponerse al día. Nunca había ejercido y, por lo tanto, tenía el código civil un tanto olvidado. «Lo consultaré con la almohada», se dijo.

Beatriz pensó cómo hechos, aparentemente sin importancia, podían convertirse en trascendentes, transcurrido algún tiempo. Por ejemplo, el episodio del bufete de Ramón despertaba, de forma casual, la necesidad de una posible autodefensa en su caso de divorcio... o aquel beso de Peter Pfnüer; un beso fortuito e inesperado que, sin embargo, la había marcado para toda la vida.

Llevaba casada seis años. En el trabajo la mandaron una semana a Alemania, concretamente a Munich, para unas jornadas internacionales sobre banca y comercio exterior. Allí entabló amistad con un joven alemán y, también, con un señor mayor de nacionalidad austríaca. Durante siete días, estuvieron juntos a todas horas, y se estableció entre ellos un vínculo difícil de explicar, como si los tres se conocieran de toda la vida.

Desde el primer día, Peter, el alemán, la observaba con los ojos curiosos de un niño que se enfrenta a la vida. Beatriz rápidamente se dio cuenta del interés que despertaba, pero no le dio importancia.

Tan sólo la última noche, los dos se quedaron solos. Andreas se indispuso. Comer fuera de casa durante tantos días le produjo una diarrea que le tuvo durante la última jornada de trabajo en la cama del hotel. La casualidad quiso que Beatriz tuviera una experiencia que jamás olvidaría mientras viviera.

Tras la despedida de todos los asistentes al curso, había una cena-buffet para el que quisiera; pero la mayoría decidió hacer una escapada por Munich. Era la primera noche sin actividades programadas, y Beatriz y Peter estaban solos. Como el joven alemán se conocía Munich como la palma de la mano, le dijo a su compañera de curso que, en tan sólo una noche, sabría de la capital de Baviera más que muchos alemanes.

Primero fueron al Museo de la Técnica; una visita fugaz, porque ya iban a cerrar sus puertas. Después a la iglesia de Nuestra Señora, *Frauenkirche*, aunque, por la hora, sólo pudieron admirar el exterior. Beatriz, que iba con tacones, no podía andar rápido, pero no se quejaba porque comprendía que era una «excursión» que no se volvería a repetir en la vida. Visitaron el casco viejo. La zona más moderna era de la que estaba más orgulloso Peter, un enamorado de la arquitectura de hoy y un admirador de cuanto rezuma belleza... Aquella noche del mes de julio tenía algo de mágica. Los dos sabían que al día siguiente, como en los cuentos, todo acabaría. Pero se dejaban llevar.

Después de tanta caminata, Peter le dijo que la llevaría a un lugar típico de Munich: a una *Biergarten*. Antes de llegar, había que cruzar varias calles. Estaba obsesionado con la hora:

–Si no corremos un poco, no nos darán de cenar.

Con los tacones altos, Beatriz no podía correr más. Peter la cogió de la mano en un acto involuntario; se quedaron parados en plena carrera. Se miraron... De repente, el reloj ya no contaba los minutos. Los coches y las personas desaparecieron... En la calle sólo existían ellos dos.

Beatriz, que tenía el pulso acelerado, parpadeó y, como deshaciendo el hechizo, le dijo:

–Peter, si no corremos, hoy no cenamos.

Éste apretó su mano aún más y no pudo decir otra cosa que un escueto «es verdad». Comenzaron de nuevo a correr.

Mientras iban cogidos de la mano por las calles de Munich, Beatriz pensaba en Arturo. Se sentía culpable de vivir sensaciones hasta ahora desconocidas para ella. Respiraba agitadamente, a la vez que se repetía: «No hagas ninguna tontería. No la hagas».

Llegaron a la *Biergarten*, un lugar típico bávaro. Les permitieron entrar. Había mucha gente, todos igual de grandes que Peter. Hablaban alto y chocaban sus jarras de cerveza una y otra vez, mientras exclamaban: «*Prosit. Prosit*». Se sentaron ante la única mesa libre, bajo un castaño. A pesar del ruido y del gran número de gente, hablaban entre ellos como si no hubiera más habitantes en toda la tierra.

–¿Sabes? –dijo él–, este verano volveré a España. Ya he ido dos veces durante mis vacaciones. La diferencia es que antes iba buscando el sol y ahora iré a buscarte a ti.

Beatriz sonrió. No tenía otra salida más que considerarlo como un cumplido, si no quería complicarse la vida.

Peter era más joven que ella, al menos siete años, pero, desde el principio, sintonizaron. Además, Beatriz tenía un espíritu muy infantil. Siempre había parecido, por su carácter, más joven de lo que en realidad era. Sonreía constantemente, y su inocente mirada reflejaba un espíritu inquieto y curioso. A Peter le gustaba que le miraran a los ojos al hablar, y ella lo hacía por costumbre. Era como si observando el fondo de los ojos descubriera la esencia de las personas.

Durante unos minutos eludieron lo que estaba a punto de estallar. Ninguno de los dos se atrevía a preguntar por la situación sentimental del otro. Él buscaba incesantemente algo que delatara su compromiso, pero Beatriz nunca llevó lo más evidente: la alianza. La había perdido a los pocos días de la boda y no había hecho nada por encontrarla.

Apenas tomaron nada, y eso que la comida alemana le encantaba a Beatriz. Hablaban y hablaban; era la última noche que iban a estar juntos para, probablemente, no volverse a ver nunca más. Salieron de allí después de escuchar canciones tirolesas, de ver cómo bailaban jóvenes y menos jóvenes en pantalón corto, dándose palmetadas en los muslos y en los brazos al ritmo de las canciones que todos conocían, incluido Peter.

Dejar aquel ambiente fue como volver a respirar después de un tiempo sin hacerlo. Era una liberación. De nuevo, el silencio de la noche. Los pasos retumbando en el asfalto. De pronto, Peter sorprendió a Beatriz besándola ansiosamente. Fue un beso largo, intenso, apasionado, incontrolado, nervioso, correspondido...

Jamás nadie la había besado con tanta intensidad y pasión. Fue un beso revelador de que todo lo ocurrido hasta entonces entre Arturo y ella había sido una película en blanco y negro. Un solo beso le había dado color. Después de aquella noche, nada en la vida de Beatriz podría seguir como estaba.

–Estoy casada –fue lo único capaz de decir.

–Me lo imaginaba. Era imposible que una mujer como tú estuviera libre...

–Este beso, Peter, trastoca demasiado mi mundo. Desencaja mi puzzle, ¿entiendes?

Peter hizo ademán de acercarse para darle otro beso, pero ella bajó la cabeza y se limitó a cobijarse entre sus brazos...

–Perdóname, Beatriz, no sé qué me ha pasado. No lo sé. Te lo juro. Nunca me he comportado así... Mi vida está en plena cuenta atrás. ¿No lo entiendes? Te vas mañana. ¿Te podré volver a ver?

–Si vienes por España me gustará verte, Peter.

–¿Me darás un número de teléfono?

–Toma mi tarjeta. No te doy mi número personal. Si quieres llamarme, hazlo al trabajo, ¿vale?

Peter la acompañó hasta el hotel. No hablaban. Iban caminando entrelazados. Él la sujetaba por el hombro y ella le cogió por la cintura... Cerca ya del hotel, vieron en la puerta a su amigo Andreas. Les estaba esperando. Se ve que ya repuesto de su dolencia... Como por un acto reflejo, Beatriz se soltó de Peter... No pasó más, pero no hizo falta. Había sido suficiente para abrir una brecha en la relación con su marido.

Ahora lo recordaba con nostalgia. «¿Habría sido mi vida diferente –se preguntaba– si hubiéramos seguido viéndonos?»

Nadie la había besado jamás como él. ¡Cuántas veces, besando a Arturo, cerraba los ojos para imaginarse a Peter! Fue entonces cuando pensó que la solución a aquel matrimonio, que no iba mal pero tampoco bien, podía ser la llegada de un hijo. «Lo que nos falta en esta casa es un pequeño», se decía a sí misma.

El tiempo demostró que la solución no vino de la mano de Mónica. Sin embargo, la niña era, a su juicio, lo único que merecía verdaderamente la pena. Llenaba por completo su vida. Era su motor. Su tabla de salvación para seguir luchando...

Estaba en todas estas cavilaciones cuando se dio cuenta de que el reloj marcaba la hora de recoger a la pequeña. La guardería, además, insistía en que los padres llegaran puntuales a buscar a sus hijos, aunque siempre dejaba un margen. Sin ni siquiera peinarse, salió corriendo de casa. No cerró la puerta con llave.

Capítulo 5

Según pasaban los días, la situación se hacía cada vez más tensa de puertas para dentro. Cuando llegaba Arturo de sus viajes, se comportaba como si nada hubiera ocurrido. Allí estaban su casa, su esposa y su hija. Pero la realidad era otra: aquello ya no era su hogar, su esposa era su enemiga. Su hija era la única que todavía le sonreía y que se alegraba de verle en medio de aquel zafarrancho.

Desde que se descubrió su relación con Áurea, los compañeros de oficina le guiñaban el ojo y le daban codazos con frases como «Qué bien te lo montas» o «Tú sí que sabes». Mientras que a Beatriz apenas nadie se atrevía a decirle nada. Cuando ella llegaba, los corrillos cesaban de hablar. Se hacía un silencio que pesaba en sus hombros como una losa. Se llegó a sentir aislada y criticada.

Nadie entendía cómo, queriendo separarse, seguían viviendo en la misma casa. Llegó incluso a oír cómo algunos se reían cuando uno de sus compañeros dijo: «A éstas les va la marcha. Les ponen los cuernos y encima se encelan con ellos. Las mujeres son así».

Beatriz hubiera cogido a aquel imbécil y le hubiera machacado verbalmente, pero no merecía la pena. No tenía fuerzas ni para eso.

Agradeció muchísimo que la señora de la limpieza, Petri, fuera la única que, desde que todos se enteraron, tuviera un detalle con ella.

Cada día le dejaba una flor en la mesa. Una margarita amarilla, de esas silvestres que salen en cualquier parte, tierra o asfalto. Es una flor que puede con todo. Al encontrarse cada día con su margarita amarilla, le parecía escuchar un «Tú puedes, ¡sigue adelante!».

Durante mucho tiempo, había vivido en una especie de limbo porque nunca, antes de iniciar los trámites de separación, se había enterado de que mucha gente a su alrededor estaba separada o divorciada. Petri era una de ellas. Había tenido que ponerse a limpiar oficinas después de tomar la decisión de separarse de su marido, que le pegaba cada vez que llegaba a casa más «cargado» de la cuenta. Ella había aguantado aquella situación prácticamente desde su boda, hasta que una gota colmó su paciencia: el día en que él se lió a puñetazos con su hijo mayor. Todo fue por defenderla. Se fue de casa con sus dos hijos y no volvió nunca más. Salieron prácticamente con lo puesto. Perdió sus derechos por abandono de hogar, pero ganó en libertad.

La flor que le traía cada día significaba mucho para Beatriz. Era casi un símbolo de que podía salir adelante en solitario y, en su caso, con una hija.

Igual que a Petri, empezó a conocer a otros separados que, hasta ahora, no habían destapado su «tarro de las esencias». Había un compañero de otro departamento que empezó a visitarla. Al principio, Beatriz creyó que era simplemente por animarla. Pero al cabo del tiempo, percibió que quería algo más. Empezó a insinuar que la sexualidad era un escape a tanta tensión. Que era bueno echar mano de un amigo para los momentos en los que la soledad apremia... Esos encuentros de oficina le incomodaban cada vez más y se hartó cuando una compañera le dijo que Felipe –el solícito separado– iba diciendo por ahí que «la tenía en el bote».

Beatriz cortó de raíz con todos los malentendidos. Perdió todo interés en los hombres. Desconfiaba de ellos. Sentía que no la miraban de la misma forma que antes, que se había convertido en algo así como «carne fresca para un montón de buitres».

Como vía de escape, se dedicó con más fuerza a su trabajo. Tuvo un gran apoyo de Fernando Pau, su jefe. Siempre la había valorado, y prácticamente no había hecho ninguna mención a su separación. Sabía que podía contar con él, aunque a Beatriz no le gustaba sincerarse demasiado con nadie. Los problemas los resolvía sola. No quería dar pena y, mucho menos, compasión.

La situación en casa era muy tensa. Arturo aparecía a la hora que le daba la gana. Ya no iba más que para dormir y sólo se veían durante el desayuno. No había ni un «Buenos días», ni un «¡Hola!, ¿cómo estás?». Las palabras entre ellos ya no tenían sentido. El silencio se rompió el día en el que Beatriz le dirigió la palabra, exclusivamente para decirle:

–¿Cuándo te vas de esta casa?

–El día que lo dictamine un juez –le contestó Arturo, sin tan siquiera mirarla.

–Así que ésas tenemos –se sorprendió Beatriz–. ¿Tienes ya abogado?

–Sí, por supuesto.

–¿Lo conozco?

–¡Ya lo creo! Ramón, nuestro compañero de la facultad.

La taza de café que se llevaba a la boca en aquel momento se deslizó entre sus dedos y cayó al suelo, manchándolo y salpicándolo todo. La cerámica se hizo añicos, pero Beatriz siguió prácticamente inmóvil y sin reaccionar... Cuando pudo volver a articular palabra, continuó preguntando.

–¿Que Ramón te va a defender contra mí? No lo puedo creer.

–No sé qué le habrás hecho, pero lo tienes como un tigre. Así que prepárate... Aunque te adelanto que yo sólo quiero lo que me corresponde. No quiero nada malo, ni para ti, ni para la niña.

–Muchas gracias por tu compasión –dijo Beatriz en un tono irónico–. Sé que siempre has pensado en nosotras, incluso cuando estabas con esa fulana...

–Ya vas a empezar...

–¡No! Prepárate tú también porque estoy segura de que mi abogado va a defender lo que realmente es mío y de mi hija. Por ejemplo, esta casa. Tú sabes que la compraron mis padres, pero la pusimos a nombre de los dos. Moralmente es mía. No pretenderás...

–Yo voy con la ley en la mano. Los gananciales son los gananciales. Esta casa, hoy por hoy, es tan mía como tuya. ¡Parece mentira que tú no lo sepas!

–No, lo que yo creía es que serías más honrado. ¡Esta casa es sólo mía!

–Esta casa es de los dos y el juez tendrá que dividir lo que corresponde a cada uno. Además, te diré que Ramón me ha convencido para que luche por la custodia de Mónica.

–¡Hijo de puta! ¡Eso no! ¡Quédate con todo! ¡No quiero nada! ¡Me has partido la vida! ¡Ahora no me mates! ¡Sin ella yo no sabría vivir...!

Se echó a llorar. Si su marido también pensaba pelear por la custodia de la niña, el único hilo que le quedaba para seguir respirando se cortaba de cuajo.

–¡Nooooo! –comenzó a chillar, fuera de sí–. ¡Mi hija no! ¡Noooo! ¡Mi hijaaaaa!

Ante aquellos gritos tan desaforados, la vecina que vivía en el piso de enfrente se apresuró a llamar al timbre. Le abrió la puerta Arturo con la niña en brazos. Sin preguntar nada, se fue a asistir a Beatriz. Ya no sólo lloraba desconsoladamente sino que, además, echaba saliva por la boca y no podía articular palabra...

–¿Qué te pasa, Beatriz? –decía alterada Mabel–. ¡Tranquilízate, por favor!

–¡Mi hija! ¡Mi hija! ¡Me la quiere quitaaaaar! ¡Noooooo!

Mabel regresó a su piso y cogió un lexatin de su botiquín. Como pudo, se lo metió en la boca, le dio un vaso de agua y, poco a poco, cesaron los gritos. Parecía que a Beatriz le habían rasgado enteramente el alma.

Arturo llevó la niña a la guardería y luego se fue a trabajar. No pensó que sus palabras causaran el efecto que habían producido en su mujer. «Ya tenía por dónde cogerla», se decía a sí mismo.

Mientras tanto, ella se vistió con la ayuda de la vecina.

Seguía con la mirada extraviada y con la única idea de luchar por su hija.

–¡Estos hombres son unos cabrones! –decía Mabel–. Te lo digo yo, que estoy casada con uno. Lo que tenías que hacer era echarle, ponerle de patitas en la calle.

–No puedo –decía Beatriz–. No puedo y eso me va a matar. ¡No puedo más! ¡No puedo verle! ¡Me quiere quitar a mi hija!, ¿te das cuenta?

–Sí, hija, sí. Ya lo creo que me doy cuenta. Más te vale que te busques un buen abogado, que pelee por ti y no se venda al trapisonda de tu marido.

Desde aquel episodio, Beatriz ya no fue la misma. Le costaba sonreír y su separación la obsesionaba. Rebuscó en el trastero todos los apuntes y los libros de la carrera. A partir de aquel día, el Código Civil se convirtió en su libro de cabecera. Sobre todo el libro primero, que recoge todo lo referente a las personas, y en concreto, del título IV, el capítulo VII, en donde queda reflejado todo lo concerniente a la separación de los cónyuges.

Beatriz se familiarizó tanto con aquellos artículos, que se sabía los puntos y las comas. Mientras trabajaba, repasaba algún artículo: «Son causas de separación el abandono injustificado del hogar, la infidelidad conyugal, la conducta injuriosa o vejatoria y cualquier otra violación grave y reiterada de los deberes conyugales. No podrá invocarse como causa la infidelidad conyugal si existe previa separación de hecho libremente consentida...». Era como una letanía, tenía que conocer la ley al dedillo si quería defenderse. El enemigo iba a ser muy duro, pero ella estaba dispuesta a dar la batalla. De momento no le dijo a nadie, ni a su familia, que ya no iba a buscar abogado porque se iba a defender ella misma.

Que Ramón, su amigo, al que primero acudió en busca de ayuda, se pusiera contra ella, fue un golpe bajo. Inesperado. Jamás pensó que un amigo pudiera hacerle algo parecido. Pero ya estaba curada de espanto. Cualquier cosa que ocurriera a partir de ahora, no la sorprendería.

Estaba sola: ella iba a ser su propia abogada, su mejor asesora, su mejor bufete. Pero por otra parte era como si, de nuevo, David se enfrentara a Goliat. Estaba casi segura de que Ramón, una vez cogido el caso, iba a utilizar todo tipo de armas legales y recursos a su alcance para dejarla sin una peseta. Con todo, lo que más la atormentaba era pensar lo que inventaría para hacerse con la custodia de su hija. Tenía que andar con pies de plomo. No fiarse de nadie. Llevar una vida muy rigurosa en cuanto a entradas y salidas, porque, con toda probabilidad, alguien vigilaría de cerca todos sus pasos.

Ella, en cambio, no tenía nada para empezar a tirar de la madeja. El recibo con las llamadas de teléfono le sirvió a Beatriz para descubrir todo el engaño de su marido, pero no era ninguna evidencia desde el punto de vista procesal.

Curiosamente, en aquellos días Áurea dejó de ser la secretaria de Arturo y, en su lugar, pusieron a la señora Arranz, la empleada que llevaba más años trabajando en el banco, a punto de jubilarse. Áurea ascendió, pues pasó a ser la secretaria personal de Baldo, el director comercial. Así, todo quedaba en casa, se paraban las habladurías y, de cara a la separación, la imagen de Arturo ganaba.

Lo único que tenía a su favor Beatriz, a juicio de su todavía marido y, por supuesto, del abogado de éste, eran las fotos de los dos amantes en actitud cariñosa. Fotos que sólo ella sabía que no existían, pero que, con todo, la hacían poderosa. Tenía la evidencia de la infidelidad, al menos eso pensaban el enemigo y su aliado.

Los días siguientes a la escena de la cocina, en donde Arturo le adelantó que pelearía por la custodia de Mónica, se convirtieron en una auténtica batalla campal. Era la guerra. ¡Estaba clarísimo! Y en las guerras todo vale.

Tenía el convencimiento de que él iba a casa cuando ella no estaba, y rebuscaba entre sus cosas. Llegó a dejar marcas para comprobar si alguien abría sus cajones. Cuando volvía habían desaparecido. Era evidente que buscaba... Pero, además, sospechaba que le hacía algo parecido a lo que Charles Boyer le hacía a Ingrid Bergman en *Luz de gas*.

Había días en que se volvía loca buscando sus gafas. Estaba segura de que las había dejado sobre su mesilla de noche y allí no aparecían. O su abrigo, que creía perdido, lo encontraba en el sitio más insospechado. O se preparaba el desayuno, se iba un momento a atender a la niña, y al volver, se daba cuenta de que había echado sal en lugar de azúcar.

–Estás perdiendo la cabeza –era la frase favorita de Arturo.

–Eso es lo que tú quisieras, pero, por desgracia, ese tiro no te va a funcionar. ¿Por qué no apuntas para otro lado? Mejor todavía, ¿por qué no te vas a la mierda y nos dejas a mí y a la niña en paz?

Éstas eran las únicas palabras que se cruzaban. No había

más diálogo que el enfrentamiento. Llegó el día en el que Arturo, antes de salir al trabajo, le dijo:

–¡Dile a tu abogado que ponga fecha y hora para reunirse con Ramón, que ya está bien de esperar! Imagino que primero intentaremos el mutuo acuerdo.

–Pues imaginas mal. Pero de todas formas, dile que estoy dispuesta a escucharle.

–No, tú no tienes por qué ir a esa reunión. Es entre abogados. Previa a la nuestra.

–Dile que el único día que puedo esta semana es el jueves por la tarde, en su bufete.

–¿No te da la gana de escucharme? Es una reunión entre nuestros representantes legales.

–Yo soy mi propia representante legal, de modo que no tengo más remedio que ir. ¿Algo más?

–¿Que tú...? ¿Tú vas a ser...? –Arturo no pudo terminar la frase. No salía de su estupor. Pasó del desconcierto al ataque. Comenzó a reírse. Al principio sin ganas y luego con estruendo, como si sus propias risas fueran contagiándose unas a otras.

–A lo mejor soy yo quien ríe la última. Nadie como yo conoce tus artimañas y las de Ramón. Ya sabes que soy muy mal enemigo.

Según pronunciaba esa frase cerró la puerta. Iba con la niña en brazos a dejarla en la guardería. La chiquitina miraba a su madre y con el dedo señalaba la puerta: «¿Papá?, ¿papá...?».

–Cariño, papá se queda en casa. Nos vamos juntas al cole, ¿vale?

Beatriz nunca jamás habló mal a la niña de su padre.

Quería mantenerla al margen. Mónica pesaba lo suyo. Ya tenía año y medio y, desde que había aprendido a andar, era un peligro. Había que tener mil ojos con ella. Andaba como los muñecos andadores. A pasitos pequeños, pero muy rápidos. También hablaba con frases cortas que repetía constantemente.

Aquella mañana, Beatriz no fue a trabajar. Había pedido el día libre para ir al médico. Se encontraba mal. Un dolor muy fuerte en el pecho a duras penas la dejaba respirar. Esto la ponía muy nerviosa y acababa provocándole una taquicardia, difícil de dominar.

Cuando llegó a la consulta del doctor Ruano, ya estaba Aurora, su madre, charlando con él. Era más que un médico al uso. Sabía relativizar todos los problemas, situándolos siempre a distancia. «Hay que tomarse la vida de otra forma, Beatriz», era su constante consejo. Esta vez, cuando irrumpió en su despacho, la miró con ojos de preocupación.

–A ver, Beatriz, túmbate en la camilla. Ya me ha puesto al día tu madre. De entrada te diré que no te preocupes, que todo tiene solución. ¡Desabróchate la camisa!

Le puso el fonendo en el pecho. Estaba muy frío. Cuando la auscultaba el doctor, tenía la sensación de que le descubriría una enfermedad terrible del corazón, pero siempre, después de un larguísimo silencio, le decía lo mismo: «¡Ay, si trabajaras menos y vivieras mejor! No te vas a morir. Cambia la cara, anda».

–Lo que sí vamos a hacer esta vez es un electro.

–¿Me pasa algo raro, doctor? ¿Esa presión en el pecho?

–No te preocupes, es pura rutina... ¡Dime!, ¿haces algo de ejercicio?

–No, doctor, no hago nada; no tengo tiempo.

–Bueno, pues si quieres no caer enferma, saca tiempo, media hora, para mover las piernas, ¿entiendes?

La enfermera la preparó para el electro. Le hizo quedarse en ropa interior y le puso las ventosas al lado del corazón y en las piernas. Le había aplicado una especie de gelatina transparente antes de colocar los cables por su cuerpo. Ahora sentía que su corazón se le desbocaba.

–Unos segundos sin moverse –dijo la enfermera– y sin hablar...

El aparato, a los pocos segundos, escupió una especie de diagrama indescifrable, lleno de líneas que subían y bajaban. Ahí estaba la lectura de su corazón. A Beatriz le parecía que aquello tenía demasiados picos. Volvió a entrar el doctor en el despacho.

–A ver, a ver... –decía mientras miraba el electro–. Bueno, pues no tienes nada. Tan sólo una extrasístole.

–¿Y eso qué es? ¿Es grave?

–Nada. Muchos deportistas la tienen. Se trata de una palpitación de más cada minuto. Conviene, de todas formas, que te tomes en serio lo de cuidarte. Estás muy desmejorada desde la última vez que te vi.

Aurora le dio la razón. Insistió en que toda la familia andaba preocupada por su estado de salud.

–Doctor –decía–, a mi hija le va a pasar algo si no se cuida. ¡Es demasiada responsabilidad la que lleva sobre sus espaldas! ¡Y además, le ronda por la cabeza la idea descabellada de llevar su propio divorcio! ¡Por favor, doctor, a usted le hará caso! ¡Quítele la idea de la cabeza!

Al oírle aquello, Beatriz se arrepintió de habérselo dicho

el día anterior. Sabía que llevar su propia defensa iba a ser motivo de disgusto para toda la familia.

–Ésa es una decisión suya. Yo sí la veo capaz de hacerlo –contestó el doctor–. Sólo pongo un pero... Vas a tomar, de aquí en adelante, una aspirina infantil por las mañanas y sigue con el lexatin cuando veas que te entra esa especie de ahogo, que no es otra cosa más que ansiedad.

En un aparte, mientras salían de la consulta, el doctor le dijo a su madre que no se preocupara, pero que vigilara si hacía ejercicio, y que le recomendara algo de relajación mental, o incluso yoga.

El yoga le encantaba a Beatriz. Ya lo había practicado en su etapa universitaria y la ayudó mucho a controlar sus nervios y a conocerse mejor. De aquella época venía su fascinación por los felinos. Su profesora de yoga insistía en que teníamos que aprender del reino animal a no malgastar la energía. Siempre ponía al gato como ejemplo: capaz de estar minutos parado, sin mover ni un músculo, esperando a su presa o simplemente reposando. «Tenemos que conseguir ser como los gatos», repetía su profesora. Pero se ve que no había aprendido la lección suficientemente bien.

Al salir de la consulta, se despidió de su madre y fue a visitar a su amigo Javier. Necesitaba verlo. Llevarle unas flores. ¡La quiso tanto...! ¡Y cuánto lo echaba de menos! Cogió un taxi y pidió que la llevara al cementerio de Torrelodones. Un pueblo precioso a las afueras de la capital. Con olor a jara y a romero. Era el único cementerio que no le daba miedo.

Allí estaba la tumba fría y solitaria de Javier Martos. Su amigo. El mejor. Al que nunca olvidaría y del que se enamoró ciegamente a su vuelta de Munich. Bueno, al poco tiempo de descubrir que en el amor había campanillas, y colores y olores nuevos por experimentar.

Mientras observaba el granito gris de la lápida, recordaba aquel día en el que Javier se le acercó en la barra de la cafetería, donde se tomaba a diario su café de media mañana, para decirle con toda la naturalidad del mundo:

–Si un día no aguantas la monotonía y quieres comprobar cómo vive un loco como yo, ¡llámame!

Aquella forma de abordarla, por el misterio que le envolvía, le gustó a Beatriz.

–¡Perdóname! ¿Por qué crees que mi vida es monótona?

–Me lo dicen tus ojos. Piensa que yo soy un observador de la vida. Vivo de eso.

–¿Qué eres? ¿A qué te dedicas?

–Soy poeta y no tengo ni un duro. Ahora, te aseguro que exprimo la vida hasta el último segundo. Creo que la monotonía nos hace máquinas y acaba matándonos en vida, ¿entiendes? ¿Cómo te llamas? ¡No!, no me lo digas. Para mí eres Luz. Exactamente eso, la luz que nace poderosa después de una noche de tormenta. Esa luz que nos devuelve la esperanza.

–Me gusta. De acuerdo. Puedes llamarme Luz, pero en realidad me llamo Beatriz.

–Bueno, Luz, ¿me llamarás algún día?

–Ya veremos. Un día que esté desesperada, ¿vale?

–Entonces me llamarás hoy.

–Perdóname, se me ha hecho muy tarde. Tengo que volver al banco. ¡Hasta pronto!

Aquel encuentro perturbó mucho la tranquilidad de Beatriz, ya a su vez bastante perturbada desde Munich. Mientras tanto, Arturo seguía ausente. Y cuando no lo estaba, siempre tenía otras prioridades: el fútbol de los domingos, los amigos de los sábados por la noche. Nunca había un hueco para encontrarse.

Luego se sumaban los compromisos familiares, los cumpleaños... Siempre estaban rodeados de gente y, cuando se quedaban solos, hablaban muy poco. Beatriz se ponía a leer, mientras Arturo seguía frenéticamente el mundo del deporte. Ella observaba mucho a su marido y, en ocasiones, tenía la sensación de que vivía con un extraño. Muchas veces estaban los dos juntos, frente al televisor. Eran dos perfiles que jamás se cruzaban las miradas.

El hueco en su pecho se hacía más y más grande. La obsesionaba aquel beso de Peter, un beso que la hizo temblar, un beso que tambaleó sus cimientos aunque se empeñara en pensar que, en realidad, no había ocurrido nada. Estaba pasando un bache provocado por su soledad. A veces, no hay nada peor que estar solo en compañía. Tampoco se veía capaz de decirle a Arturo que algo le pasaba. Todo cuanto hizo fue encerrarse en sí misma.

La maldición de los Biosca no podía volver a planear sobre otro matrimonio de la familia. Ella no estaba dispuesta a fracasar. Eso sí, necesitaba hablar con alguien, pero tenía que ser de fuera de su entorno, fuera de su familia. Entonces recordó que había alguien dispuesto a escucharla: Javier. El chico que la abordó en la cafetería cercana al trabajo. Sus mundos nada tenían que ver, de modo que no había peligro de que trascendiera el secreto que quería contarle.

Buscó la tarjeta en el bolso. Allí estaba su número. Era un móvil. Se lo pensó varias veces, descartó la idea otras tantas, pero al final... marcó.

–¿Sí? –respondió Javier.

–¡Hola! Soy...

–¡Luz! –la interrumpió.

–¿Cómo lo sabes?

–Tu voz, yo ya no la puedo olvidar.

–¿Sabes?, tengo que reconocer que no tengo con quién hablar de un problema muy personal. He pensado que a lo mejor...

–¿Cuándo quieres que quedemos? –la volvió a interrumpir.

–Mañana, a la salida del trabajo. Si quieres, comemos juntos.

–Muy bien. Te recojo en la cafetería...

–No, en la cafetería no –ahora le interrumpió Beatriz–. Prefiero quedar en la puerta de un parque que me encanta.

–¿Cuál?

–El de la Fuente del Berro. Es un parque al que iba mucho cuando era pequeña. A las tres, en la fuente de los peces que hay a la entrada. ¿Te parece?

–Me parece.

–¡Hasta mañana! –dijo Beatriz y colgó.

Estaba muy nerviosa. Es decir, que aprovechaba que no estaba Arturo para conocer a un tipo del que no sabía absolutamente nada. Ahora se recriminaba por haberse dejado llevar de aquel impulso. Volvió a coger la tarjeta y el teléfono para desconvocar la cita, pero antes de que sonara el tono, colgó.

«¿Qué me va a pasar? –se preguntaba–. No he hecho más que quedar en un parque. Si resulta que es un aprovechado, un imbécil o un tipo siniestro, con no volver a verlo...»

Llegó la hora de la cita y se vieron en el parque. Se olvidaron hasta de comer. Empezaron a andar y a hablar. «Si me viera mi madre», se decía a sí misma. Sentía que estaba haciendo algo malo, incluso prohibido, aunque lo único que hacía era hablar, descargar todos sus problemas en un desconocido.

El desconocido, por su parte, le contó su historia. Tampoco era feliz. Tenía auténtica pasión por la poesía, pero no podía vivir sólo de ella.

–En este país, Luz, los poetas mueren de hambre –le comentó en aquella ocasión.

Se ganaba la vida, entre otras cosas, escribiendo novelas cortas del oeste. Ella desconocía que hubiera tanto fervor por el género. Eran novelitas baratas, que se vendían en los quioscos. Además, se le daba bien escribir guiones para las series de televisión. Últimamente, le llamaban mucho de una productora. Ahora, ¡qué casualidad!, trabajaba en una serie de abogados que pronto estaría en antena.

Pero Javier no sólo era un buen escritor, era un encantador de serpientes. No tenía ningún problema para hacer amigos. Siempre sonriente, hacía cosas que rayaban en la locura. Durante aquel paseo, lo mismo cogía una flor y se hincaba de rodillas, que se quedaba estático como si le hubiera dado un aire, o como si fuera uno de esos mimos que se ganan la vida haciendo de estatua. No tenía sentido del ridículo y le daba igual que lo mirara la gente.

–Luz, yo vivo a mi modo y me es indiferente lo que piensen los demás de mi forma de ser.

–A mí me importa mucho lo que piensen los demás. No me gustaría protagonizar un escándalo.

–Sin embargo, a mí me encantaría. ¿Por qué no nos fugamos ahora mismo tú y yo? Nos vamos al país que tú quieras y empezamos de cero.

–Pero ¿y tu familia? ¿No te importa lo que puedan pensar ellos?

–Mi madre, si yo soy feliz, lo entendería... Ten en cuenta que mi vida amorosa siempre ha sido un desastre. Si viera que, por fin, he sentado la cabeza, respiraría aliviada.

Aquel era el primer recuerdo que tenía de Javier. Luego vinieron otros muchos que jamás olvidaría... Pero ahora estaba sola y confusa ante su tumba, sin saber muy bien qué decirle.

–Javier, ¡ayúdame! Desde donde estés. Por favor, no sé por dónde tirar. Sé que arriesgo mucho, pero he tomado la determinación de llevar mi propia defensa. Sé que eres el único que me comprende, que estos saltos al vacío te encantan; bueno, te encantaban... Pero necesito a alguien que me eche una mano, que me guíe. No se me ocurre a quién acudir. Estoy bloqueada. Me siento cansada antes de empezar... ¡Javier!, ¡Javier...! Te necesito.

Beatriz lloraba interiormente. Cuando el dolor es tan intenso, cuesta exteriorizarlo. Se inclinó hacia adelante. Estaba medio doblada, apoyada en la lápida fría de granito. En el cementerio no había nadie. Se encontraba sola entre las lápidas. Echó un vistazo a su alrededor y se dio cuenta de que la mayoría de las personas que yacían al lado de Javier eran jóvenes. Habían muerto jóvenes. Una le llamó especialmente la atención: tenía las fotografías de dos muchachas, dos hermanas que habían muerto el mismo día. Se preguntaba si, como Javier, habrían muerto en accidente de tráfico. Su lápida tenía un epitafio corto: «Esperadnos en la eternidad. Papá y Mamá».

«Dios mío, ¡cuánto dolor! –pensó–. Perder de golpe a dos hijas. ¿Cómo se puede soportar una desgracia como ésa? No tengo derecho a lamentarme de mi suerte. ¿Qué sería de mí si le pasara algo a mi hija...?» Volvió a llorar. Ahora sí que las lágrimas brotaban, pero no era capaz de emitir ningún sonido.

Volvió su mirada sobre la lápida de Javier. No tenía epitafio, sólo la inscripción «Familia Martos Garrido», y, justo debajo, el nombre de Javier con dos fechas: 1954-1998. Allí estaba su amigo: el hombre que, más que vivir, exprimía la vida, y que encontró la muerte en una equivocada maniobra, un día de niebla. Ella había tenido siempre miedo a las tormentas y a la niebla. «Nada bueno traen», pensaba, y el tiempo le dio la razón. Una noche de intensa niebla segó la vida de la persona a la que más había querido hasta entonces.

Se enderezó torpemente, enjugó sus lágrimas y salió del cementerio. Antes de abandonarlo, volvió atrás su mirada. Cerró los ojos y respiró profundamente. Seguía el aroma a jara y a romero.

Capítulo 6

El primer encuentro con Ramón, el amigo que iba a defender a Arturo, fue un puro despropósito. Quedaron en verse por la tarde en su despacho.

Esta vez la recibió una joven, que le ofreció la salita de espera. Allí permaneció una hora sin que nadie apareciera. Harta de la falta de consideración del abogado de su marido, se levantó de la silla y se dispuso a abandonar el bufete. Iba ya por el pasillo, cuando la misma joven que la había recibido salió a su encuentro muy acelerada, preguntándole que adónde iba.

–Dígale a su jefe –exclamó airada– que es un mierda. Se lo dice así, por favor. Y además le ruego que no suavice la expresión. ¿Me ha comprendido?

–No se vaya, señorita Biosca, es que mi jefe es un hombre muy ocupado y cuando usted llegó estaba con una visita que se ha prolongado más de la cuenta.

–Pues insisto en que le diga que es un mierda, pero añada, además, que es un gilipollas. Yo también soy una persona muy ocupada y no tengo por qué esperar una hora. Insístale en que la próxima vez, no cite a nadie cuando me vaya a recibir...

Justo cuando iba a abrir la puerta de la calle, salió también Ramón.

–¿Qué voces son ésas? ¡Beatriz! Un poco más de educación. ¡Parece mentira...!

–¿Te atreves a hablarme a mí de educación, después del plantón de una hora? ¿Quién te has creído que eres? Tengo la impresión de que todavía no has valorado suficientemente al abogado que vas a tener enfrente.

Mientras mantenían aquel pulso verbal, la secretaria retrocedió sobre sus pasos cabizbaja, abochornada por el espectáculo.

–La primera regla de un buen abogado es no llevar un caso cercano, para tener perspectiva. Tu primera equivocación es defenderte tú misma.

–No, tu primera equivocación es no haberme recibido con el respeto que merece la parte contraria en un litigio como el que vamos a emprender. Venía dispuesta a escuchar lo que ibas a proponerme, pero ya te digo que te olvides del mutuo acuerdo. Vamos a juicio. Allí quiero encontrarte.

Fue decir esto y Ramón dio marcha atrás. Bajó el tono de voz e intentó ser amable.

–Beatriz, aunque profesionalmente estemos en bandos distintos, sabes que siempre hemos sido amigos. No vamos a echar por tierra nuestra amistad por un mal día.

–Si quieres hablar, hablaremos, pero hoy no. Se me ha hecho muy tarde. Pídeme una cita mañana, ¿de acuerdo? No llevo mi agenda encima. ¡Ah!, y lo de amigos ¡vamos a dejarlo!

Te has aliado con mi enemigo y eso no te lo perdonaré jamás.

Beatriz abrió la puerta de la calle y la cerró de un portazo. No echó la vista atrás. Ramón no merecía ni que le mirara a la cara al despedirse.

Así transcurrió el primer encuentro profesional entre el abogado de la parte contraria y ella. A los dos días llegó el segundo. Fue de mañana, y ella le citó en el banco. Su jefe le dejó el despacho. Le había contado lo sucedido, y entre los dos le prepararon un recibimiento a su estilo. La secretaria del departamento de extranjero, en el que trabajaba, también estaba aleccionada. Fue llegar Ramón al banco y le pasó a la salita de espera. Al cuarto de hora, volvió a aparecer y le condujo hasta el despacho. Su jefe, mientras tanto, observaba desde la mesa de Beatriz cómo transcurría todo. Saludó al visitante educadamente, como si fuera un empleado.

–Buenos días –dijo según empezaba a escribir en el ordenador.

Dentro del despacho, Beatriz actuó exactamente igual que él la primera vez que se vieron en el bufete, después de tantos años. Estaba de espaldas a la puerta hablando por teléfono. Ramón se quedó de pie, esperando a que ella le invitara a sentarse. Colgó y se dio la vuelta. Sin saludarle previamente, le dijo secamente:

–Puedes sentarte.

–Muchas gracias –contestó Ramón–. Estoy realmente impactado. No sabía que te fueran tan bien las cosas.

Sonó el teléfono y, tal como habían pactado previamente, le dijo a la secretaria de su jefe que no la molestara con más llamadas.

–Vayamos al grano –le dijo Beatriz–. Sólo iremos al mutuo acuerdo si yo me quedo con la casa y con la custodia de la niña. Renuncio a que me pase pensión alguna, pero quiero que colabore con una asignación mensual en las necesidades de Mónica. Se puede llevar lo que quiera de casa que sea suyo; vamos, la ropa y nada más, porque todo lo que hay en el interior lo he aportado yo al matrimonio.

–Me resulta difícil hablar contigo de esto, sabiendo que eres parte interesada. Pero bueno, tú lo has querido. Te diré que mi defendido es una persona muy desprendida. No hay ningún problema para que tú te quedes con la casa. Eso sí, tendrás que compensarle con la mitad de lo que vale el piso a día de hoy.

–¿Será caradura? Si la casa me la compraron mis padres y yo se la pagué a ellos céntimo a céntimo...

–Te recuerdo –contestó Ramón– que estáis en régimen de gananciales. Pusisteis la casa a nombre de los dos, por lo tanto, le corresponde la mitad.

–El domicilio conyugal es donde va a residir mi hija conmigo y si vamos a juicio, el juez no tendrá ningún problema en fijar la casa como la residencia de la niña.

–Claro, siempre que tuvieras la custodia de la niña. Pero vamos a litigar también por que Arturo se quede con la custodia de Mónica.

–¡Serás hijo de puta!

–Esos no son modales. ¿Te das cuenta como es un error llevar tu propia defensa?

Beatriz sacó fuerzas de donde pudo y siguió defendiendo sus derechos. Sin embargo, la habían golpeado donde más le dolía: su hija. Arturo le había avisado, pero no creyó que se atreviera a dar el paso.

–Para quitar la custodia a una madre –argumentó– hay que demostrar motivos muy serios, y éste no es el caso.

–Demostraré que padeces un desequilibrio emocional grave y no estás capacitada para educar y mantener a la niña.

Beatriz no podía aguantar más. Se puso en pie dando un fuerte manotazo en la mesa. ¡Qué cara pondría, que también Ramón se puso en pie asustado!

–¡Vete ahora mismo de aquí! ¡Vete! –dijo chillando.

Su jefe y la secretaria entraron asustados. Nunca la habían escuchado gritar de aquella manera tan desesperada.

–¿Te das cuenta de cómo tu equilibrio emocional deja mucho que desear? –dijo Ramón, según se iba.

–¡Vete, cabrón! –volvió a decir Beatriz chillando cada vez más fuerte.

Se armó un gran revuelo en la oficina. Nadie sabía el porqué de los gritos de Beatriz. Ni entendían qué hacía ella en el despacho de su jefe, con una visita.

Los múltiples comentarios del episodio llegaron, incluso, a oídos de Arturo. Aunque no tenía todos los datos, con lo de que su mujer, histérica, echó del despacho a una visita y que le habían tenido que administrar un tranquilizante, le bastó para saber que el plan había funcionado. Cada vez había más testigos de que ella estaba perdiendo los nervios. Era sólo cuestión de esperar.

La situación era descorazonadora para Beatriz; querían quitarle lo que más amaba en el mundo, su hija. Se preguntaba el porqué de tanto odio. Todas las madres separadas se quedan con la custodia de sus hijos, excepto cuando hay motivos tan obvios que los jueces se la ceden a los padres en beneficio de los niños. Pero éste no era el caso, aunque la estaban enredando de tal forma que se daba cuenta de que, por el momento, estaba perdiendo la batalla, incluso antes de empezarla.

Necesitaba asesorarse bien, que alguien la ayudara porque había caído en la tela de araña que le estaban tejiendo. Ahora se trataba de ser más lista que ellos y zafarse a tiempo.

Recordó que en la facultad estudió con un catedrático que llegó a tomarle cierto cariño. Durante un tiempo, incluso, se escribieron, pero el paso de los años borró la relación, aunque nunca el recuerdo. Rebuscó entre sus papeles, aún conservaba su número de teléfono. Fue el catedrático que más nota le dio. Quiso, incluso, que continuara en la facultad, con él, en la cátedra de Derecho Civil.

Marcó el número de teléfono y preguntó, sin muchas esperanzas, por Manuel Jiménez. Le dijeron que esperara un momento.

–¡Hola! ¿Quién es?

–Don Manuel, soy Beatriz Biosca. ¿Se acuerda?

Como al otro lado del teléfono el catedrático no contestaba, siguió dándole pistas.

–Sí, haga memoria. Fui alumna suya hará unos quince años. Hice un trabajo en clase que luego le fue de gran ayuda para uno de los libros que publicó. Además quería que me quedara con usted en la cátedra. ¿No se acuerda de mí?

–Hija, han pasado tantas y tantos por mis clases que por los nombres no os recuerdo. Tendría que verte la cara. Pero es igual, dime si puedo serte útil en algo.

Ciertamente desmoralizada por el hecho de que no la recordara, estuvo a punto de colgar, pero siguió adelante.

–Mire, don Manuel, le necesito porque voy a llevar por primera vez el caso de una separación matrimonial y me gustaría que, abusando de su tiempo y amabilidad, me asesorara para ver si voy por el buen camino.

–Hija, pásate por aquí cuando quieras. Vivo en las afueras, en Pozuelo de Alarcón. Si eso no te es ningún inconveniente, aquí estoy. Eso sí, ten en cuenta que ya estoy jubilado y mi cabeza no es la que era.

–Don Manuel, usted siempre ha sido el mejor y eso no se pierde. Tengo que darle un dato más. El caso que voy a llevar como profesional del derecho es mi propio divorcio.

–¡Qué locura! No lo hagas. Primera regla, nunca llevar la defensa de un caso en el que uno esté directamente involucrado. Sale mal siempre.

–Don Manuel, alguna vez se tiene que romper la norma. Mi caso tiene que ser la excepción.

–Bueno, como quieras. Vente si puedes mañana por la tarde.

Cuando colgó, respiró hondo y se dijo a sí misma un sonoro «¡Bien!». Con su ayuda ya no estaría sola. Aquello le dio la seguridad que necesitaba. Se fue al lavabo a refrescarse la cara. Al cabo de unos minutos, se descubrió mirándose al espejo. Hacía mucho tiempo que no se observaba con detenimiento. «Me he llenado de arrugas –pensaba mientras seguía escrutándose–. Debería hacerme algo, no sé.» Hacía movimientos con las manos, intentando borrar el paso del tiempo. Luego echó un vistazo al resto de su cuerpo. Dio un paso atrás para verse al completo y tampoco se gustó. «La niña me ha deformado el cuerpo.» Ahora su descontento se fijaba en la tripa y las caderas que se le habían quedado tras el parto.

No se gustaba. Había perdido por completo la autoestima. Echó otra mirada, esta vez a sus dientes, y cerró la boca y los ojos inmediatamente. «¡Estoy horrible! No me extraña que Arturo se fijara en una chica mucho más joven que yo.» Cuando estaba apunto de empezar a llorar, se miró el cabello y reconoció que eso sí tenía solución.

Antes de acudir a la cita con su antiguo profesor, se acercó a la peluquería. Hacía mucho que no iba por allí. Pidió un cambio de imagen. Después de contarle a la peluquera que la atendía que estaba en proceso de separación, le pareció que ésta ponía más empeño. Le hizo unas mechas de color cobrizo que resaltaban en su pelo negro y le cortó la melena que tantos años le había costado conseguir.

Fue un cambio radical, pero necesario para seguir adelante. Casi ni se reconocía: el corte y las mechas le daban un aspecto mucho más juvenil. Antes de salir a la calle, se maquilló un poco más de lo habitual. Éste fue el primer paso. Después vendrían otras transformaciones que poco a poco le fueron dando seguridad en sí misma.

Se apuntó también a un gimnasio, el mismo al que acudía cuando estaba soltera. Fue como si el tiempo diera marcha atrás. Se reencontró con muchos antiguos conocidos, que a duras penas podían creer que «el eterno enamorado» –como todos conocían a Arturo– se hubiera evaporado como el alcohol de la vida de Beatriz.

–Si era hasta pesado verle siempre a tu lado –decía el dueño del local–. Organizábamos una comida, allí estaba él. Quedabas con nosotros para hacer footing y ya le teníamos detrás siguiéndonos con el coche, con la excusa de que era nuestro avituallamiento. De otra pareja puede que pensase que acabaría mal, pero de vosotros, nunca. ¡Cuánto lo siento!

–Pues por mí no lo sientas –dijo Beatriz–. A veces tienen que ocurrir estas cosas para descubrir la verdadera personalidad del que está a tu lado. Yo he convivido con un monstruo sin saberlo. Con un mentiroso.

Después de decir esto, enmudeció. Se dio perfecta cuenta de que todos, todos, en algún momento de la vida en pareja, mienten. Ella también había mentido a Arturo, y esas mentiras ahora le pesaban más en su conciencia.

Como cuando conoció a Javier. Se lo ocultó a su marido. Era consciente de que aquella amistad no le gustaría nada. Sin embargo, la necesitaba, era como el aire fresco que uno necesita respirar para recuperar fuerzas y cobrar energía. Le atraía de Javier la diferencia con su mundo. Él se regía por el instinto, ella por la razón. Él era un bohemio, amante de la buena literatura y del arte; ella, una abogada que amaba el orden y la sistematización.

A veces quedaban para comer –cuando Arturo estaba fuera, con sus negocios– y no comían. Pasaban horas simplemente sentados en un banco de El Retiro, oliendo y disfrutando de la naturaleza, o paseaban sin rumbo fijo, hablando de mil cosas.

Llegó un momento en que se obsesionó con Javier: cuando estaba con su marido, su mente pensaba en Javier. Lo sentía en todas partes. Al principio, esto le provocaba cierta euforia en sus relaciones cotidianas, estaba más alegre. Todo el mundo se lo decía. Pero no tardó en ceder a la melancolía. Ya no le bastaba verle a ratitos, necesitaba más. Entonces empezaron los problemas.

Beatriz fue consciente de que aquella amistad, nacida de modo completamente casual, la alejaba poco a poco de su marido. Javier era todo inquietud, ternura, pasión. Arturo era metódico, amante de la rutina y de pasar la vida frente al televisor. «La maldición de los Biosca» planeaba por su cabeza. Su matrimonio se iba a pique. No dormía por las noches. Se sentía culpable cada vez que Arturo le decía que la quería, cada vez que se encontraban en la cama o cada vez que la miraba a los ojos. No pudo aguantar más, y un día Beatriz confesó.

–Arturo –le dijo–, me pasa algo extraño, que antes no había sentido nunca.

Por su cara, Arturo comprendió que se trataba de algo importante. Tomó asiento y respiró hondo.

–Creo que me he enamorado. Se trata de una persona que tú no conoces y que no tiene nada que ver ni con nuestro círculo de amistades ni con nuestro trabajo.

Beatriz iba a continuar su relato cuando vio que Arturo estaba llorando. Mientras le soltaba la noticia, había estado mirando al suelo y, hasta que no oyó los gemidos entrecortados, no alzó la vista.

–Arturo, no llores, por favor. Sabes que te quiero mucho. No sé qué me está pasando. ¡No lo sé! Quizás has estado mucho tiempo ausente de casa. A lo mejor ha sido la soledad...

–Es ese Javier que te llama de vez en cuando, ¿verdad?

–Sí.

Arturo se derrumbó. Beatriz era su gran apuesta. Recordaba cuando la vio por primera vez en la Academia Flores y se dijo que aquélla era la mujer de su vida. Se agolpaban en su memoria todas las artimañas que utilizó para llegar a ella y conocerla. Ahora estaba frente a él, diciéndole que otro hombre le había desplazado de su vida.

No estaba acostumbrado a perder. Reaccionó de la única forma con la que sabía que retendría a Beatriz a su lado.

–Esto va a ser un disgusto para nuestras familias. Has dicho que me quieres. Te pido que me des una oportunidad. Soy tu marido. Por favor, no eches por la borda todos nuestros proyectos. Te pido tiempo, tiempo, tiempo...

Se tapó la cara con las manos y estuvo llorando un buen rato. Beatriz no aguantó impasible, también rompió a llorar y le abrazó.

–No te preocupes, Arturo. Vamos a intentarlo. Te lo prometo.

Beatriz, con el corazón roto, decidió olvidarse de sí misma. La familia pesaba demasiado. Todos pensaban que la vida con su marido era perfecta y así seguirían pensándolo. Sin embargo, el vacío que ella sentía era muy grande.

Lo peor no fue la confesión, pues, al fin y al cabo, con ella se liberó de un sentimiento de culpa que le impedía tener sosiego. Lo peor llegó cuando tuvo que decirle a Javier que su marido le había pedido una segunda oportunidad. Y que, en conciencia, tenía que intentarlo.

–¿Por qué, Beatriz? –le preguntó incrédulo Javier–. Una segunda oportunidad para él, y a mí ni tan siquiera me das la primera. Yo te quiero con el alma y, sin ti, me da igual la vida. ¿Sabes lo difícil que es conseguir que dos personas se amen con la misma intensidad? No, tú no lo sabes, pero yo sí. Por favor, no te equivoques. ¡Date a ti misma tu oportunidad! ¿Cuándo vas a pensar en ti y no en los demás? ¡Beatriz! –siguió hablando después de meditar durante unos segundos–. Vayámonos a otro país. Ahora mismo. Coge lo esencial y nos vamos a cualquier país del mundo, a empezar los dos de cero. ¿Qué te parece?

Beatriz le hubiera dicho que sí, y se habría ido con él a cualquier lugar, pero pensaba en su familia. En sus padres, en su hermana... No, no podía ser.

–Javier, moralmente le debo esta oportunidad. ¡Es mi marido!

–Beatriz, ¿qué soy yo en tu vida? La nada. No existo. Nunca he existido. Lo nuestro ha sido pura ficción.

Aunque todo esto se lo decían el uno al otro en plena calle, lo cierto es que, en aquel momento, eran los únicos habitantes del planeta: sólo ellos dos, ante la decisión más dura de su vida.

Javier se paró y la abrazó bruscamente. Después la apartó ligeramente para contemplarla, como el que mira por última vez. La besó. Fue un beso desesperado. Intenso, pero desesperado. Acto seguido Javier se fue. En pleno paseo de Rosales, donde tantas veces habían paseado juntos, se quedó sola y completamente destrozada. Siguió caminando a pasitos. Iba como un autómata, convencida de que había tomado el camino equivocado.

Beatriz prácticamente no podía articular palabra. Estaba aturdida. Quería a Javier y, sin embargo, se encontraba al lado de Arturo. De todas formas, estaba acostumbrada a hacer lo que en realidad no quería. Echó mano de sus convicciones religiosas para aceptar la situación. Ahora quedaba lo más difícil: volverse a enamorar de Arturo.

Recordaba que en algún libro había leído que el amor

era pura obsesión. Si uno programaba su mente para que aquel hombre o aquella mujer en concreto le gustase, acababa consiguiéndolo. Era cuestión de tiempo.

Al llegar a casa, Arturo estaba esperándola. Cuando la vio traspasar el umbral, supo que, una vez más, había ganado.

Capítulo 7

El recuerdo de episodios muy concretos de su pasado revoloteaba en la memoria de Beatriz. A veces, se pasaba horas pensando y regodeándose en aquellos momentos que le parecían realmente gozosos y felices.

Llegó la cita con su antiguo profesor de Derecho Civil. Aquel reencuentro le devolvió la ilusión por preparar su autodefensa en el que sería el primer y último juicio de su vida. Se lo jugaba todo, porque su hija Mónica, para ella, era su propia vida. Perder su custodia sería algo parecido a estar muerta en vida.

Don Manuel Jiménez la recibió en su casa. Le costó dar con ella, porque estaba un tanto apartada del centro. Rodeada de un frondoso jardín, la vivienda inspiraba tranquilidad y sosiego.

Llegó un poco antes de la hora prevista, pero estaba tan ansiosa de ver a su maestro... Llamó al timbre varias veces. La recibió una señora mayor, muy amable, que la pasó al salón y le dijo que aunque don Manuel no estaba en casa, llegaría pronto. Así que Beatriz aprovechó la espera para mirar con detenimiento a su alrededor. La madera, en aquella casa, era casi una obsesión. Hasta los cuadros no estaban pintados sobre lienzo, sino sobre tabla. El interior rebosaba solera. Toda la carpintería mantenía las maderas originales. Las estanterías, llenas de libros antiguos, desprendían un cierto olor a viejo.

Ella sabía que el catedrático era muy puntual. Y no se equivocó, porque a la hora en punto se abrió la puerta de la casa y, al rato, apareció ante ella.

–¡Hola, Beatriz! –se quedó contemplándola un rato–. ¡Claro que sí, hija! Me acuerdo de ti perfectamente. No quisiste quedarte conmigo en la cátedra porque te colocaste en seguida en un banco, ¿verdad?

–Sí, don Manuel. Y tengo que reconocer que me hace ilusión que no se haya olvidado de mí, porque tengo que pedirle ayuda. Me encuentro completamente sola, sin saber qué hacer, ni por dónde empezar mi propia defensa, pero con la convicción absoluta de que nadie me va a defender como yo lo haría. Tengo miedo de que cualquier abogado, contratado por mí, se venda a los intereses de mi marido. Bueno, para mí ya es mi ex marido. Necesito que su sombra, don Manuel, esté detrás de mí.

–Sabes que yo ya estoy jubilado. Además, te diré con toda sinceridad, Beatriz, que no soy el que era. He perdido mucha memoria, estoy ya muy mayor; pero por otra parte, me siguen ilusionando los retos. Y éste lo es, desde luego. Siempre os decía en clase que el primer error en el que no debe incurrir un buen abogado es llevar personalmente sus propios litigios... Pero toda norma tiene su excepción. Cuando se tienen mis años, las cosas se relativizan y ya nada parece imposible.

Hacía tiempo que Beatriz no sonreía como ahora. Estaba realmente satisfecha, segura de que nadie, ni Ramón con sus testigos falsos, podría con ella. El siguiente paso era pensar en la estrategia.

–Don Manuel –interrumpió ella impaciente–, tengo la absoluta seguridad de que van a alegar que sufro algún trastorno mental para pedir que me retiren la custodia de mi hija. No tienen ningún otro argumento. Yo llevo una vida demasiado normal. Como la de cualquier otra mujer trabajadora.

–Piensa fríamente, hija, por dónde te pueden venir los golpes. Quizá en una amistad que no te conviene. Él podría utilizarla para alegar que te rodeas de personas nada aconsejables para el desarrollo y la educación de tu hija. Mira en tu pasado reciente.

A Beatriz le vino a la mente Javier. Era el momento de la venganza de su marido. Siempre le había echado en cara que se fijara en un bohemio que, incluso, había esnifado cocaína. Ella nunca supo quién le había dado esa información, porque cuando le conoció jamás había hecho referencia a ese asunto. Lo que sí hacía compulsivamente Javier era fumar. No se daba descanso entre cigarrillo y cigarrillo, como si quisiera consumir el tiempo en forma de humo. Como si se quisiera tragar la vida en cada bocanada. Jamás hablaron de drogas, pero Arturo siempre andaba a vueltas con este asunto.

Ésa, pensaba, era la única forma que tenían sus adversarios de manchar su imagen. Pero nada ni nadie podía borrar, ni tan siquiera alterar, el recuerdo que ella guardaba de Javier. El hombre más interesante que había conocido. Descartó esta opción: no podían utilizar contra ella sus amistades. Desde que había dado una segunda oportunidad a Arturo, no había vuelto a salir con nadie que no fuera también amigo de él. Entonces, le contó al catedrático que la defensa de su marido podía alegar desequilibrio mental.

–Don Manuel, creo que para quitarme a la niña alegarán más bien que no soy estable psicológicamente. Además, se ha preocupado últimamente de dejarme en evidencia delante de vecinos y compañeros de trabajo. Me ha hecho explotar de rabia y llanto en presencia de gente. Siempre me pinchaba cuando nadie le podía oír y yo irrumpía en gritos cuando no podía más. No soy de piedra, don Manuel. Albergo miles de sentimientos y mi fibra más sensible es mi hija. Al pensar que me la puede quitar, me dan ganas de coger a la niña y huir del país.

–No, eso no. Yo quiero a mi lado gente sensata. No quiero volverte a oír decir disparates. Tienes que aprender, de ahora en adelante, a medir tus palabras. ¡Es importante! No sabes con quién te estás sincerando, de modo que, desde hoy, me tienes que prometer que no te fiarás de nadie, ni de tu propia familia. Esas ganas de huir te las guardas para tus adentros.

Tenía razón el profesor Jiménez; desde hoy no se fiaría de nadie. Había demasiado en juego como para no extremar las precauciones.

–Será necesario –continuó el catedrático– que haya testigos que desdigan a los que va a presentar tu marido. ¿Tienes algún cooperante entre tus amistades?

–Sí, tengo un amigo; hace tiempo que no sé de él. He colaborado en muchas ocasiones en su ONG, en campañas benéficas para la gente mayor. Siempre ha contado conmigo.

–Bien, ya tenemos uno. ¿No tendrás algún amigo psicólogo o psiquiatra que pueda decir que tu cabeza está perfectamente amueblada?

–Mis padres tienen un conocido que no es psicólogo, ni psiquiatra. Es cardiólogo y me quiere como si fuera una hija. El doctor Ruano. Me trata de unas taquicardias que me dan de vez en cuando. Me explicó que no se trata de un problema del corazón, sino del sistema neurovegetativo. Me dan cuando tengo exceso de trabajo, estrés, ansiedad...

–No sé, no sé –decía pensativo el profesor, mientras se mesaba el bigote. Un bigote grande, blanco, encanecido por el tiempo. Sus enormes manos, que siempre habían llamado la atención de sus alumnos, ahora tenían manchas marrones que delataban su edad y unas venas muy marcadas.

–No es lo que usted quería, ¿verdad? –rompió el silencio Beatriz, después de una larga pausa.

–No, no lo es, pero podría valernos si él nos habla de taquicardias provocadas por la tensión nerviosa de la separación y lo desliga completamente de una enfermedad mental. ¿No has ido nunca a un psiquiatra?

–No, jamás.

–Eso, en el fondo, juega a nuestro favor. De otro modo, tu marido tendría dónde agarrarse para alegar incapacidad por enfermedad mental. Sin embargo, vas a someterte estos días a unas pruebas, previa petición tuya, que nos aseguren tu equilibrio y la no existencia de ninguna patología.

Te diré a qué gabinete psicológico vas a ir... Pero ¡ojo!, ten mucho cuidado y, cuando te veas cara a cara con el psicólogo, di que lo necesitas para tu trabajo. No le cuentes la película de tu vida, que enseguida te sacarán que estás desestabilizada o algo similar, y eso no nos interesa. Necesitamos un buen informe; favorable, se entiende.

Siguieron con el análisis de pros y contras. Beatriz pensó que sería relevante aludir a que su marido mantenía relaciones con Áurea bastante tiempo antes de que la evidencia explotara por sí sola. No tenía pruebas documentales, pero podía intentar descubrir algún dato más.

–¿Nos interesa probar la infidelidad? –preguntó.

–Cuantos más datos tengamos, mejor; pero de momento no sabemos por dónde vamos a llevar el hilo conductor de nuestra defensa. Lo que sí tienes que hacer ya mismo es tomar la iniciativa de llevar la petición de separación y divorcio ante el juzgado. No nos pueden ganar por la mano.

A Beatriz le gustó mucho que don Manuel se involucrara en el caso como si fuera suyo. Ese «no nos pueden ganar por la mano» le dio mucha moral. No estaba sola.

Salió entusiasmada de la casa. Ahora quedaba lo verdaderamente difícil, construir su defensa. Se despidieron con un fuerte apretón de manos y un cariñoso beso.

Regresaba muy pensativa. Tenía que redactar y presentar cuanto antes en los juzgados de la plaza de Castilla la demanda de separación y medidas provisionales. Cuando llegó a casa se encontró con Arturo. El estómago le dio un fuerte latigazo. Estaban solos. Sus padres no habían traído todavía a Mónica; sabían que regresaría tarde de su entrevista con el catedrático. Allí estaban los dos, en su propia casa, como dos extraños, sin nada que decirse. Hacía mucho que su marido había muerto. Allí estaba, como un fantasma que se aparecía para aclarar algún asunto del pasado. Sólo verlo le provocaba náuseas. La situación era demasiado tensa como para no saltar.

Él, sin embargo, parecía estar a gusto. Incluso silbaba una canción que ella no lograba identificar. Estaba con el torso desnudo y preparaba un baño de agua muy caliente, como a él le gustaba, para relajarse. Antes de cerrar la puerta, dijo en alto, regodeándose, una de aquellas lacerantes frases suyas:

–Ramón ha presentado esta mañana, en el juzgado de familia, la demanda de separación y medidas provisionales, al haber despreciado nuestro intento de ir de mutuo acuerdo.

–¡Eres un monstruo! ¿Cómo pretendes que vayamos al mutuo acuerdo con tu intención de quedarte con la custodia de la niña? ¡Estás loco! Esa fulana con la que te relacionas te ha trastocado.

–No sé a quién te refieres. No tengo ninguna relación con nadie.

–¡Ja! A mí no me vengas con ésas. No estás ante el juez, de modo que no ensayes conmigo tus argumentos, cabrón.

–No te estoy ofendiendo. Deja de insultar y procura mantener la calma. Últimamente estás demasiado nerviosa.

–¡Déjate de estupideces! Estoy muy tranquila. Sé que tengo a la justicia de mi parte. Tus planes te van a salir mal.

Discutían en el pasillo, junto a la puerta que daba a uno de los baños de la casa. El agua seguía saliendo del grifo, humeante, y empañaba el cristal del espejo.

–Hemos hablado con varios abogados y todos coinciden en que, técnicamente, tu elección de llevar tu propia defensa es un error. El tribunal que nos va a juzgar lo encajará muy mal. Pensará que tu exposición no puede ser objetiva. Estás demasiado implicada como para tener credibilidad ante el magistrado.

–A estas alturas, todos los jueces saben que las defensas que promueven los abogados son todo menos objetivas. Cada uno barre para casa.

–Está bien; te he prevenido para que no hagas el ridículo y luego, cuando no puedas hacer nada por la custodia de la niña, caigas en una depresión.

–Yo estoy segura de que la justicia será eso, justa, y estará de mi parte. ¿Cómo te has podido comportar así conmigo? ¿No has tenido bastante con ser infiel? ¿De qué material estás hecho? Desconocía que detrás de ese aspecto bonachón hubiera un demonio escondido... ¿Qué has alegado para adelantarte y presentar la demanda de separación? No tienes ningún artículo al que acogerte.

–Tengo muchos, pero «tu abogado» ya te lo comunicará –contestó con retintín.

Una vez dicho esto, cerró el baño y continuó canturreando aquella melodía que a Beatriz le resultaba familiar. Sabía que correspondía a alguna película, pero no lograba descifrar a cuál... De cualquier forma, poco le importaba.

Se había quedado bloqueada. Seguía en el mismo sitio, sin poderse mover, recordando la frase «Tu abogado ya te lo comunicará»; su abogado era ella y, de momento, no tenía ninguna información. Pensó que todos sus planes se habían venido abajo. Le habían ganado la primera baza. Probablemente todos tenían razón, era una insensatez defenderse a sí misma. No había empezado «la guerra» y ya sentía la primera derrota, el primer fracaso. Se veía a sí misma sin fuerzas, derrengada, sin ánimo para seguir luchando. Impotente al ver que iba a perder a su hija, con pocas manos que la ayudaran, sin apenas amigos... Tenía otra vez la mirada perdida. Se dejó escurrir y se sentó en el suelo. Arturo seguía canturreando. Estaba alegre, feliz.

«¡Hijo de puta! –decía para sus adentros–. Me las vas a pagar. Conseguiré que te tragues tus canturreos. De momento me vas ganando, pero espera al final...»

Estaba ensimismada en sus anhelos de venganza, cuando sonó el timbre. Le costó reaccionar. Parpadeó varias veces, hasta darse cuenta de que el mundo a su alrededor latía. Se levantó y abrió la puerta. Allí estaba su madre con Mónica.

–¡Mamá!, ¡mamá! –balbuceó la niña mientras abría sus brazos.

Beatriz no pronunció ninguna palabra. Se la arrebató a su madre y permaneció abrazada a ella un buen rato. No podía disimular; era el motor que movía su vida.

Su madre intuyó que algo pasaba. Por un momento se asustó. Nunca había visto a su hija con aquellos ojos, ni con aquella mala cara.

–Hija, me quedo hoy contigo. No me voy a casa. Ahora mismo llamo a tu padre para...

No había acabado la frase cuando se abrió la puerta del baño. Apareció Arturo, todo perfumado y vestido.

–Ya sé lo que te pasa; la culpa la tiene este bastardo. ¡Tú!, ¡mírame cuando te hable! Como le hagas daño a mi hija, soy capaz de matarte. ¿Me has oído bien? ¡Pues no lo olvides!

Arturo ni volvió la cabeza, ni contestó. Se metió en el

despacho, que se había convertido en su habitación. Dentro había un sofá-cama que él abría y cerraba todos los días. Era su cuartel general. Beatriz no había vuelto a poner los pies allí. Excepto un día que abrió la puerta y se lo encontró como si hubieran pasado unos ladrones, buscando algo que, desde luego, no habían encontrado. Había jerséis y pantalones por el suelo, ropa interior sucia y calcetines desperdigados por todas partes... Tal como lo vio, lo dejó.

Arturo siempre se había comportado así, pero con ella detrás, recogiendo todo lo que iba dejando por ahí. Imaginaba Beatriz que Áurea sería ahora su guardaespaldas, su asistenta, su cocinera..., porque era el típico hombre al que le tenían que hacer las cosas. Había vivido siempre muy cómodo, primero como hijo único y después con su mujer, que le resolvía todas sus necesidades y carencias.

–Mamá –dijo después de un largo silencio–, es mejor que te vayas. Hay que tener mucho cuidado con lo que hagamos o digamos; puede utilizarlo en mi contra.

–¡No podéis seguir así! Si él no se va, vete tú. ¿Por qué no vuelves a casa, con nosotros?

–No puedo abandonar mi hogar, eso sería negativo para mi defensa. No te preocupes, estoy bien, créeme. Por favor, es mejor que te vayas. Es perverso, y seguro que algo hará para provocarnos.

Aurora le hizo caso y se fue. Cerró la puerta muy despacio, no muy convencida de que estuviera haciendo lo mejor para su hija.

En cuanto salió su madre, Beatriz pensó en llamar al catedrático para contarle la noticia: Arturo ya había presentado la demanda de separación ante el juzgado. Pero no lo hizo por si la escuchaba. Prefería que siguiera pensando que estaba sola en su defensa.

Se dedicó a Mónica por entero. Primero le preparó el baño. Mientras la desnudaba y acariciaba su piel, tan fina y blanca, se acordaba de la emoción sentida al verle la carita por primera vez. Se hallaba en el paritorio con su doctora y la comadrona. Arturo también quiso estar presente. Fue realmente maravilloso, estar consciente y poder ver nacer a su hija. En aquel momento se sintió madre, y no durante los nueve meses anteriores. Empujaba tal como le indicaba la doctora Luengo, cuando oyó: «Ya está aquí. ¡Es preciosa, Beatriz! Es muy morena, se parece a ti».

Habían quedado atrás, como por arte de magia, catorce horas de contracciones y de una dilatación muy lenta.

La vio muy colorada, estaba enfurruñada y lloraba desesperadamente. Todavía con el cordón umbilical sin cortar, se la pusieron en el pecho. No pudo contener las lágrimas. Empezó a llorar y repetía sin cesar:

–¡Mi niña, mi niña!...

Fue la primera vez que la abrazó. Le empezó a hablar y Mónica, como si reconociera su voz, se calmó inmediatamente y se quedó en posición fetal, como dormidita. Fueron segundos, pero suficientes para saber que, aunque cortaran el cordón umbilical, había algo entre las dos que nadie jamás sería capaz de desunir. Vino un pediatra que se la arrebató de los brazos para hacerle las primeras pruebas neurológicas.

Beatriz, mientras le daban los puntos que ya ni sentía, no podía dejar de mirarla. Primero, una enfermera la limpió minuciosamente. Luego, el doctor empezó a explorarla. La puso incluso de pie, sujetándola por los hombros, y la niña hizo ademán de dar un primer pasito. Ahora lloraba otra vez compulsivamente. Se puso muy colorada. Al cabo del rato, el médico le dijo:

–Tiene usted una niña muy sana.

A todo esto, Arturo, que estaba presente, apenas podía respirar. Se ponía muy nervioso con la sangre y pensó, en un determinado momento, que tendrían que atenderle a él. Superó la prueba y ahora reaccionaba.

–Beatriz –fue lo primero que le dijo mientras le daba un beso en la frente–, te has portado como una machota.

Después le cogió la mano y así estuvieron un buen rato, hasta que la enfermera regresó con la niña, ya vestida con un faldón blanco y un jersey rosa.

–¡Es preciosa! –dijo realmente emocionado.

Estaba convencida de que entonces ella había estado más cerca que nunca de la felicidad. Uno de esos momentos imborrables que valen una vida entera.

La niña iba camino de los dos años. Su piel seguía igual de suave y fina. Y aquel vínculo de unión con ella permanecía.

La niña olía a vida. Su cara sonriente llamaba la atención. Sobre todo sus ojos, grandes, enormes, verdes. La mirada limpia, inocente y cómplice. Y sus manos, pequeñas y juguetonas, siempre buscaban a su madre. A veces, ésta se quedaba extasiada mirándoselas. ¡Eran tan pequeñas!

Su llegada al mundo había cambiado la vida de todos en aquella casa. Sirvió para que el matrimonio, aparentemente, se reencontrara. Fue un revulsivo para empezar de nuevo. Afianzaba una relación que, desde la misma noche de bodas, había hecho aguas. Con Mónica –pensó Beatriz– todo sería diferente.

Los agujeros de la soledad se taparon. Las noches vacías ya no lo fueron tanto. Aquella cama fría y desapasionada tenía ahora un bebé como testigo. Era la excusa perfecta para no enredarse en abrazos y besos que carecían de ternura, porque allí estaba ella, observándolo todo desde su cuna,

Mónica suplió las carencias afectivas de Beatriz, cuya vida comenzaba a tener sentido. Su matrimonio salía a flote después de haberse hundido, como el *Titanic*, el día que conoció a Javier. Su muerte no había podido acabar con aquella relación. Recordaba perfectamente la fatídica noche en la que el teléfono sonó a deshora. Una voz anónima le preguntaba si conocía a Javier Martos. Cuando Beatriz asintió, aquella voz se quebró. Era la hermana de su amigo, para comunicarle que el cuerpo de éste yacía sin vida en el kilómetro quince de la Nacional II. Su coche había dado varias vueltas de campana.

–¡No!, ¡no!, ¡noooooo! –chilló de forma desgarradora Beatriz–. ¡No!, es mentira, no puede ser.

Se echó a llorar de tal forma que Arturo, sobresaltado, cogió el teléfono. Más bien se lo arrebató.

–¿Qué es lo que ocurre? –preguntó Arturo, también alterado.

La comunicación se cortó o quizá lo hizo la hermana de Javier.

Javier había muerto. Un vacío inmenso la inundó. Nunca más escucharía su voz ni le besaría, nunca más soñaría junto a él. La vida era cruel e injusta.

Desde entonces, cada vez que sonaba el teléfono de madrugada, el corazón le daba un vuelco y recordaba aquella llamada.

–Javier –balbuceó Beatriz.

A Arturo no le hizo falta más para darse cuenta de lo que estaba pasando. En la habitación se hizo un silencio agresivo, sólo interrumpido por los sollozos. El muro entre Beatriz y Arturo se consolidaba. Era un muerto el que volvía a abrir una herida aún reciente. En el fondo, Arturo se alegró de la noticia. Es más, sintió cierto alivio.

Beatriz empezó a notar su respiración agitada. Un fuerte dolor en el pecho le hizo pensar que moriría allí mismo. «¡Siempre tan hipocondríaca!», pensó Arturo, que no hizo nada por consolarla.

–Por favor, Arturo, ¡llévame al kilómetro quince de la carretera que va a Barcelona! ¡Está muy cerca! Por favor, quiero verle.

–Pídeme lo que quieras, pero eso no. Además, si me amas, te ruego que ni se te ocurra ir.

–No seas cruel. Está muerto. Por favor, necesito verle. ¿No lo entiendes? Me siento culpable de ese accidente. Me gustaría saber algo más.

El teléfono volvió a sonar. Eran las dos de la madrugada. Beatriz se lanzó a cogerlo.

–¡Diga!

–¿Beatriz? Soy de nuevo la hermana de Javier. No te conozco, pero sé que debías de ser alguien importante para él. El coche ha quedado destrozado, pero la guardia civil me ha dado su cartera y he encontrado una foto, tu nombre y tu teléfono, junto con un poema escrito en una servilleta de un bar. Imagino que el poema te lo habría dedicado a ti... –hubo un silencio roto por un sollozo muy prolongado.

Beatriz no pudo resistirlo y también se echó a llorar.

–Por favor, ¿cómo te llamas?

–Luz.

–¿Luz? Tu hermano me llamaba así cuando no sabía mi nombre. Y aun después de conocerme también.

Arturo no aguantó más y se fue de la habitación. Buscó un antiguo paquete de Ducados y comenzó a quemar un pitillo tras otro. Hacía tiempo que no fumaba, había sido un pequeño triunfo de Beatriz, ahora él se tomaba la revancha.

–Luz –siguió Beatriz–. ¿Cómo ha sucedido todo?

–Parece que iba a mucha velocidad. Es como si se hubiera dormido, porque en ese tramo no hay ninguna curva. Se ha salido de la carretera y tras caer por un pequeño terraplén se ha dado contra un árbol.

–¿Puedo ayudarte en algo?

–Estoy aquí con mi marido, esperando a mis padres. ¡Es terrible, terrible...!

La comunicación volvió a interrumpirse.

Iba a ser una noche larga para todos. Beatriz no podía hacer otra cosa más que pensar en lo que acababan de decirle. Se ha estrellado en una recta. La guardia civil pensaba que podía haberse dormido. ¡A esas horas! ¡Imposible que estuviera dormido! Él vivía la noche. Pero quizá le pesaba demasiado. Recordó la última vez que habló con él, estaba muy mal. Le había informado de que tenía pensado hacer un viaje. Lo que nunca pudo imaginar era que pudiera referirse a un viaje sin retorno.

Capítulo 8

En cuanto Arturo salió de casa, dispuesto una vez más a pasar la noche fuera, Beatriz llamó a don Manuel para comunicarle que les había tomado la delantera.

–Tiene que perdonarme por llamarle a estas horas. El asunto es grave. Mi marido me ha dicho que ya han presentado la demanda de separación. Ahora ¿qué hacemos?

–¡Niña!, ¡niña!, no te preocupes. Procura mantenerte serena. Habría preferido que hubiéramos sido nosotros los primeros en presentar la demanda, pero no tiene demasiada trascendencia.

»Es más, te voy a decir que ir a remolque tiene sus ventajas. Conoceremos los motivos que alega tu marido para pedir la separación y la custodia de tu hija. De esta forma podremos prepararnos mejor. Ellos, en cambio, estarán en desventaja al ignorar los motivos que usaremos en su contra, por lo que no podrán llevar estudiada la defensa como nosotros. Pero ahora nos toca esperar.

–¿A qué tenemos que esperar?

–A que nos llegue la notificación del juzgado. No serán

muchos días. Mientras tanto, procura recopilar información sobre él, sus actividades... ¡Investiga! Me vuelves a llamar cuando tengas novedades, ¿de acuerdo?

–Gracias, don Manuel, por darme tanta tranquilidad.

Siempre que oía su voz sentía paz.

Esa noche no pudo dormir. En adelante tenía que demostrarse a sí misma que ella era su mejor abogado.

Estuvo pensando por dónde empezar. Tenía la certeza de la infidelidad de su marido, pero le faltaban pruebas. Era fundamental encontrarlas para poder demostrar que no era un buen padre para su hija. Recordó que poseía varios papeles, muy bien guardados, que lo relacionaban con Áurea. Pero ahora había que localizarlos porque estaban demasiado escondidos.

Esperó a que la niña estuviera dormida para empezar a buscarlos. En el fondo de un cajón, escondidas entre la ropa interior, encontró dos cintas de cassette. Le sorprendió verlas, pues no recordaba que las hubiera guardado ahí. Eran lo único que le quedaba de Javier, a excepción de una bufanda roja de punto que le había quitado un día de enero. Una de las cintas era de música. Canciones grabadas para ella...

–Son canciones que expresan todo lo que yo quisiera decirte y que con sólo palabras no puedo –le dijo Javier aquel día inolvidable.

La romántica escena terminó con un impaciente y apasionado beso.

La otra cinta contenía los versos de Javier recitados por él mismo, poemas acerca de la vida y de la muerte. Pero desde aquel trágico y brutal accidente en la Nacional II, Beatriz nunca había tenido fuerza suficiente para escucharlas. En esta ocasión estuvo tentada de hacerlo, pero las heridas todavía no se habían cerrado. Finalmente, las volvió a dejar camufladas en el mismo sitio.

Rebuscó después en otro cajón. Se acordaba con todo detalle de aquella factura del móvil de Arturo. Gracias a ella había descubierto toda la mentira, toda la farsa que vivían desde hacía tiempo. Sin embargo, no aparecía por ninguna parte. En cambio sí lo hicieron las multas que, de forma reiterada, llegaban a casa por los estacionamientos en doble fila de Arturo. Recordó que había decidido guardarlas, puesto que la dirección no se correspondía con la de ningún cliente conocido del banco. Volvió a leer el nombre de la calle en la que se había cometido la infracción: López de Hoyos, a la altura del ciento veinticinco.

–¡Qué raro! –dijo en voz alta, aunque nadie podía oírla–. ¡López de Hoyos, a la altura del ciento veinticinco! Multa por estacionar en doble fila...

Decidió que, al día siguiente, espiaría a Arturo a la salida del trabajo, ya que el dato de aquella dirección podía serle beneficioso para su defensa. Era cuestión de echar horas.

Poco antes de acabar su jornada, Beatriz entró en el despacho de su jefe, que esa mañana estaba eufórico porque su mujer le acababa de comunicar el resultado del análisis de orina: ¡estaba embarazada!

–Beatriz, ¡imagínate! A nuestros años. Yo un cincuentón y mi mujer una cuarentona. No lo buscábamos, el hecho es que ha sucedido y estamos encantados. No sé qué opinas, pero ser otra vez padre me ha hecho rejuvenecer.

–Si os hace felices a los dos, la opinión de los demás os

debería tener sin cuidado. ¡Felicidades! No te imaginas la envida que me das. Tantos años al lado de Pilar y siempre tan enamorado.

–Bueno, hemos tenido nuestros problemas. Sinceramente, ninguna relación se construye sin altibajos. Pero con los años he aprendido a respetar su mundo a la vez que a compartir el nuestro. La clave está en no invadir todos los territorios, dejando a tu pareja un resquicio para su intimidad. Yo no sé lo que hace mi mujer cuando no estoy a su lado. Solamente conozco lo que ella me quiere contar.

Beatriz no quiso contestarle. Le habría dicho que antes ella confiaba igualmente en su marido y que estaba segura de su cariño. Es más, jamás había sentido celos. Sin embargo, fueron las evidencias las que empezaron a distanciarlos. Se fueron alejando a tanta velocidad el uno del otro, que, luego, ya no eran más que puro engaño, pura fachada de cara a los demás.

Probablemente le habría hecho a su jefe algún comentario más, pero se limitó a decirle que necesitaba salir media hora antes porque tenía que resolver unos asuntos de la separación. No hubo problema. Se escapó de la oficina y esperó la salida de Arturo en el coche de su padre.

–Fue un acierto cambiar esta mañana el coche –se decía a sí misma–. De haber llevado el mío, al segundo semáforo ya me habría descubierto.

Era como de película. Se puso unas gafas negras, un gorro beige que le tapaba el cabello y se pintó los labios bien rojos. A su marido le gustaban así, pero ella no acostumbraba a usar colores tan fuertes.

Se había convertido en un detective privado y se sentía

ridícula. En el fondo, era algo que la repugnaba. ¡Seguir a Arturo! A estas alturas ya le daba igual dónde iba él y con quién. Pero no tenía más remedio, porque había que tirar del hilo y estaba sola. Debía buscar algo, aunque no sabía bien el qué, para su propia defensa.

Su corazón se aceleró cuando vio a Arturo. Prácticamente fue el último en salir y se quedó charlando en la puerta del banco con Baldo. Pero había visto salir a Áurea. Estaba claro que habían extremado las precauciones para que en la oficina no hubiera más comentarios de los que ya existían.

Cuando Arturo se subió al coche, Beatriz ya tenía el motor del suyo en marcha. Le temblaron las manos al coger el volante. Pisó mal el embrague y el vehículo se caló.

–¡Mierda!, ¡mierda!, ¡mierda...! Vamos, ponte en marcha, arranca de una puñetera vez...

Arturo, como si intuyera que lo estaban siguiendo, salió de estampida. Pisó tanto el acelerador que sus ruedas patinaron, los chirridos parecían los de la salida de un gran premio de Fórmula 1. A Beatriz le costó alcanzarlo. De hecho, para conseguirlo hizo auténticas locuras. Se saltó dos semáforos en ámbar y uno en rojo.

–Estoy loca, seguro. No sé qué pinto aquí persiguiendo a mi marido como si me fuera la vida en ello.

Mientras pensaba eso, iba como una auténtica posesa del volante. Si se le hubiera cruzado alguien, lo habría atropellado irremediablemente. Apenas le daba tiempo a maniobrar, porque Arturo conducía con una desacostumbrada inconsciencia. Cada vez se convencía más de que había estado conviviendo con un desconocido.

Llegaron a un punto en el que las calles le empezaron a sonar. Él había aminorado la marcha y, sin ella pretenderlo, se puso a su altura en un paso de cebra. Aquel minuto se le hizo eterno. Por el rabillo del ojo se dio cuenta de que la miraba. Beatriz volvió la cabeza hacia el lado contrario. El corazón se le salía del pecho. Disimuló, rebuscando en la guantera. ¡Por fin, el semáforo se abrió! Entonces dejó que su marido se adelantase y pusiera distancia entre los dos.

La situación le pareció grotesca. ¿Qué habría pasado si la hubiera reconocido tras aquellas gafas y el gorro beige? Probablemente se habría sentido humillada y ridícula. Pero la persecución seguía. Ahora pisó el freno porque se dio cuenta de que Arturo reducía la velocidad; después, éste puso el intermitente derecho y paró en la calle Francisco Silvela, a la altura de unas salas de cine muy concurridas. Ella hizo lo mismo.

–¡Hijo de puta! Aquí es donde recoges a tu fulana. A ver ahora adónde vais –mascullaba Beatriz, atenta a lo que ocurría unos metros más allá.

Todavía se le encogía el estómago cada vez que veía a Áurea, aunque fuera de lejos y con una imagen muy diferente a la de unas semanas atrás. Se había teñido el pelo de rubio casi platino. Vestía mejor. El abrigo de color camel que llevaba era de cachemir. Tenía aspecto de gran señora. Iba por la calle como si se gustara a sí misma. Al subir al coche, se dieron un beso prolongado. ¿Cómo era posible? ¿Un beso apasionado de su marido, que nunca había puesto el más mínimo sentimiento a sus besos? ¿Qué habría visto en ella?

Arturo reanudó la marcha. Tras ellos, Beatriz no podía controlar sus juicios airados. Veía en Áurea la maldad hecha carne, la mentira convertida en personaje, la mierda elevada a categoría... Se sentía como una loba herida. Tenía ahora, más que nunca, la sensación de pérdida, de robo. De estafa. Allí estaban los dos, a cincuenta metros. Y ella, sola, avergonzada, ridícula con aquellas gafas y aquel gorro.

Aunque creía que ya había llorado todo lo que se podía llorar, las lágrimas le nublaban la vista. Dejó la mente en blanco y continuó moviendo el volante a derecha e izquierda como si fuera un autómata, siguiendo el coche de Arturo. De pronto, se encontró circulando por la concurrida calle López de Hoyos.

–Espero que no sea una casualidad –se decía a sí misma, mientras se secaba las lágrimas.

Se concentró en no perder de vista el coche, que iba más adelante. Como muralla infranqueable, dos vehículos se habían interpuesto entre ellos. Esto la ponía nerviosa. Estaba segura de que no era una casualidad pasar por la calle López de Hoyos. Se acordaba de las multas remitidas a casa, siempre con la misma infracción: aparcar en doble fila.

–¡Parad!, ¡parad!, ¡parad! –repetía en voz alta.

Su deseo se convirtió en realidad: Arturo, tras accionar el intermitente de la derecha, se detuvo. El conductor que iba inmediatamente detrás comenzó a lanzar improperios.

–¡Cabrón!, ¡asesino! Te crees el dueño de la calle, ¿verdad?

–¡Gilipollas! –contestó Arturo–. ¿Por qué no estás más atento?

Por un momento le pareció que se iban a enzarzar, pero todo quedó ahí. Pasaron de largo los dos vehículos que los separaban y de nuevo se situó junto a él. En esta ocasión, no la miró, porque observaba con atención cómo se alejaba el que le había increpado.

La causa de las multas estaba clara. Se trataba de una calle demasiado cargada de tráfico como para aparcar el coche en doble fila. No dejaba apenas hueco para pasar en una calle de doble dirección.

Beatriz paró el coche en la primera esquina que encontró. Tuvo que salir del vehículo para poder distinguir con claridad lo que hacían. No veía muy bien de lejos. «Necesito gafas», se decía a sí misma. Caminó, lentamente, como quien mira escaparates. Ellos habían entrado en una cafetería.

«¿Era ése el motivo de tanta multa? ¿Una escapada para comer algo juntos?» El temor a que su esfuerzo hubiera sido en vano invadió su ánimo. ¡Cuánta frustración en un solo segundo! Había creído tener algo realmente valioso y ¡se había equivocado! Llegó a la altura de la cafetería, pero no se atrevió a volver la cabeza para ver qué hacían. Intentó mirar con disimulo por el rabillo del ojo, forzando la vista al máximo. Lo hizo con tanta fuerza, que sintió dolor. Inútil, no vio nada.

Se dio media vuelta y llegó de nuevo a la esquina donde tenía el coche. Observó que un señor mayor, desde una ventana, la miraba con mucho detenimiento. Se puso muy nerviosa, como si la hubieran descubierto. Entonces, entró en el coche y esperó allí a que salieran. Fueron nada más quince minutos, que se le hicieron eternos. La puerta de la cafetería se abrió al fin y aparecieron los dos. Ella llevaba un paquete en la mano. Beatriz arrancó el motor y se preparó para continuar la persecución. Sin embargo, las cosas no transcurrieron como ella esperaba. No subieron al coche, sino que caminaron unos pasos. Saludaron con gran familiaridad a una mujer que se cruzó en su camino, y después de rebuscar en sus bolsillos Arturo abrió el portal que estaba junto a la cafetería.

–¡Os cacé! ¡Bien! –dijo en alto, mientras daba golpecitos sobre el volante.

Estaba sonriendo cuando se percató de que al señor, que la observaba desde la ventana, se le había unido la que debía de ser su mujer.

Tenía que averiguar algo más, de modo que volvió a apearse del vehículo. Le echó valor y se dirigió hacia el portal donde los había visto entrar. Era el número ciento veinticinco. Coincidía con el de las multas de tráfico. Se encontró con la puerta cerrada. Como había portero automático, no se lo pensó dos veces. Llamó al primero que vio, el segundo B. Esperó un rato antes de pulsar otro botón. La mano le temblaba. A pesar de que los termómetros en la calle marcaban ocho grados, sudaba y volvía a sentir que el corazón galopaba en su pecho.

¡Cuando iba a pulsar el botón correspondiente a otro piso, la puerta se abrió. ¡Menudo susto! Creyó que iba a desmayarse, pero sacó fuerzas para volverse y esconder su cara por si se trataba de ellos. Cerró los ojos por unos instantes deseando que aquel momento se esfumara. Algo parecido a lo que hacen los niños cuando no quieren ver una escena por la televisión que les da miedo. Inesperadamente, una mano se posó sobre su hombro. Beatriz soltó un grito que atrajo las miradas de los transeúntes que, en ese momento, pasaban cerca de la cafetería.

–Perdone si la he asustado –se disculpó una jovencita que salía del portal–. ¿Me puede decir la hora?

Durante unos segundos, Beatriz se quedó inmóvil. Y, en cuanto pudo reaccionar, le contestó.

–Lo siento, pero no esperaba que nadie me tocara por la espalda. ¡Soy una exagerada! –se justificó–. Mira, mi reloj marca las cuatro menos veinte. Ahora, ¿serías tan amable de hacerme un favor a mí? Necesito que me abras la puerta. Se ve que no me oyen y quiero darles una sorpresa.

–¿A qué piso va? –dijo la joven.

Tras pensar rápidamente la respuesta, muy segura de sí misma le dijo:

–Voy a casa de don Arturo Solán y aquí estoy, llamando a varios pisos porque no sé dónde vive exactamente.

–¡Ah, sí! –dijo la adolescente–. Los señores de Solán viven en el tercero A.

Al oír eso, a Beatriz le temblaron las piernas. Estuvo a punto de decirle a la niña que Arturo era su marido y que esa señora, furcia, puta, amante, no era más que una impostora.

–Muchas gracias –le contestó forzando una sonrisa.

Ya no le hacía falta entrar para ver los buzones, pero aun así lo hizo. Miró el que correspondía al tercero A y allí estaban sus nombres: Arturo Solán y Áurea López.

–¡Hijos de puta! Aquí estáis, viviendo en paz y compañía. Sin que nadie os disturbe... ¡Cerdos!

No podía creer lo que acababa de oír ni lo que estaba viendo.

«¿Desde cuándo esta situación?», se decía a sí misma. ¿Por qué no se lo habría preguntado a la niña, que seguro que se lo habría dicho? Pero no, se quedó muda, paralizada. ¡Acababa de descubrir su «nidito» de amor! ¡El picadero de Arturo, el «estupendo» esposo y «mejor» marido!

Salió como pudo del portal. Era muchísimo más vieja que hacía diez minutos. Le habían echado encima veinte años. A duras penas podía andar por la calle. Daba pasitos muy cortos.

El señor de la ventana, que seguía observándola, hizo ademán de llamar a alguien y, al instante, ya estaba a su lado la mujer.

Beatriz se percató de que un guardia urbano preparaba una multa para un vehículo aparcado en la esquina, en doble fila: ¡el suyo!

–¿Es usted la propietaria? –le preguntó el municipal.

–¡Sí!

–Pues la acabo de denunciar. ¿Es usted consciente de los problemas que provoca en la circulación, dejando su coche aquí, en este carril tan estrecho?

–No tenía más remedio, era un asunto de vida o muerte.

–Sí, ya sé, ya sé...

Resultaba evidente que al guardia todo el mundo le decía lo mismo.

–Además, agente, hay otros coches aparcados también en doble fila. ¿Por qué sólo yo? –se quejó, echando una mirada al de Arturo.

–Mire, señorita, ese coche está todas las semanas con multa. Su dueño es un irresponsable al que yo tengo entre ceja y ceja. Pero le da igual, le da exactamente igual que yo lo denuncie.

Aunque estaba todavía bajo el *shock* de saber que estaban juntos como si de un matrimonio se tratara, sacó fuerzas suficientes para obtener más información del agente.

–Sí que es cierto. Lo llevo viendo, a estas horas, en doble fila, por lo menos desde hace un año, ¿no?

–Pues aunque no lo crea, ésa es mi espinita. Llevo en el barrio dos años y siempre lo he visto así, mal aparcado. Cualquier día de éstos le embargan sus pertenencias, porque seguro que no paga ni una multa.

«¡Dos años!», pensó Beatriz. O sea que llevaban juntos más tiempo de lo que ella había calculado, porque uno no monta su hogar nada más empezar una relación. «Probablemente –discurría en silencio– empezaron antes de quedarme embarazada de Mónica. ¡Y yo que pensé que era el centro de su vida! ¡Que pidió una segunda oportunidad y se la di! ¡Yo que renuncié a mi propia felicidad con Javier!»

Ahora más que nunca, Beatriz sentía que a lo largo de su vida había hecho en todo momento lo que los demás esperaban de ella, lo que debía, pero nunca lo que ella realmente hubiera querido. Si la historia pudiera dar marcha atrás, las cosas no sucederían de la misma forma. La invadió un desolador remordimiento. «¡Qué despilfarro! Los mejores años de mi vida, tirados por tierra, devorados por una quimera absurda.» Pero el balance podía ser aún más negativo si perdía la custodia de su hija, la única ilusión que alentaba su vida. Fuera de la niña, todo le parecía una auténtica patraña. Una farsa que todos representaban.

«En realidad –se decía–, la maldición de los Biosca se extiende a la mayoría de las parejas.» Pasó revista a su entorno, y ni de una se podía decir que fuera plena o discretamente feliz. Baldo, el jefe de Arturo, engañaba con cualquier boca pintada de rojo a su mujer, Carolina. Ésta, a su vez, intuía que algo no iba bien y se pasaba el día llorando a la búsqueda de un indicio. Fátima, la mejor amiga de Beatriz, casada con Julio y sin encontrarse el uno al otro en la cama. Fátima jamás le había confesado a Julio, pero sí a Beatriz, que no tenía ni idea de lo que era un orgasmo. Ella fingía y fingía en la cama, con unos alaridos descomunales, para que su marido se sintiera el más macho de la tierra, y ella la más desgraciada del universo. O su amiga Rosa, compañera de mesa en la facultad de Derecho. Jamás le duraron las parejas más de un año. Era la única soltera, pero ella misma se sentía un bicho raro cuando llegaba a casa y se encontraba de bruces con su soledad. Más de una noche tuvo, a través del teléfono, que darle compañía. Rosa asustaba a los hombres porque enseguida quería vestirse de blanco, y esto los hacía desaparecer *ipso facto* de su vida. O su hermana Encarnación, cuyo matrimonio le duró lo mismo que el viaje de bodas. Nunca le contó qué había sucedido, pero debió de ser terrible, porque no volvió a ser la misma. Quizás la única pareja que se salvaba era la de su jefe, Fernando Pau, que llevaba veinte años casado y ahora, a los cincuenta, volvía a ser padre. Su mujer tenía un embarazo de alto riesgo, pero le merecía la pena. La lista podía ser interminable porque ahí estaban también otros compañeros que, desde que se enteraron de que se iba a separar, no paraban de asediarla e invitarla a cenas íntimas, aun estando casados.

No veía más que engaños en las relaciones de pareja. Y el mayor de todos, el que acababa de descubrir. Arturo tenía un piso en el que convivía con Áurea, la mosquita muerta, que resultó estar más viva que ella.

Capítulo 9

Beatriz podía cerrar los ojos y recordar el día que vio en la oficina del banco, por vez primera, a aquella jovencita que parecía no haber roto un plato en su vida.

Era bajita, menuda, de cabello castaño. Tímida y vergonzosa, rehuía la mirada. Pero sabía hacerse simpática con una simple sonrisa. No tenía ninguna preparación especial. No sabía idiomas, apenas utilizaba los ordenadores, pero tenía buena disposición y muchas ganas de trabajar.

Beatriz se fijó en ella y la seleccionó como secretaria para el departamento comercial, donde estaba su marido.

–Ya verás, Arturo. Es justo lo que buscas. Está muy verde, pero será una persona de tu total confianza.

«¡Fui yo la que metí mi propia soga en la oficina», se lamentaba.

Con gran habilidad pronto se granjeó la confianza de Arturo, e incluso, influyó positivamente en su carácter, pues desde entonces llegaba a casa de mejor humor.

–Beatriz, ¡qué buen ojo tuviste! En pocas semanas mi nueva secretaria me tiene la cartera de clientes al día y, lo mejor, me mira con tal admiración, que me siento como su gran maestro. ¡Es increíble!

Aquel comentario no le gustó nada a Beatriz, aunque le quitó importancia. Al día siguiente se dejó caer por el departamento comercial. Áurea inmediatamente se levantó, le dio dos besos y le comentó que estaba encantada con su trabajo. Habían pasado muy pocas semanas y ya no parecía la misma. Ese día iba con una minifalda que provocaba que todos los hombres del despacho se volvieran para mirarla.

–Me dijiste que tenías novio –le comentó Beatriz–. ¿A qué se dedica?

–Ahora mismo a nada. Es mecánico de coches, pero, de momento, está haciendo el servicio militar.

–¿Dónde hace la mili?

–El período de instrucción lo hizo en Cartagena. Luego le han trasladado a Cibeles. Todos los días tiene pase pernocta, así que podemos salir casi todas las tardes.

–A ver si un día nos lo presentas –dijo antes de volver a su despacho.

Desde entonces, Beatriz siempre le preguntaba por su novio. La tranquilizaba no sólo saber de él, sino también comprobar que su relación era lo suficientemente estable para alejarla de los demás hombres.

Se fue produciendo un cambio sustancial en su forma de actuar y creció esa adoración por todo lo que decía o hacía su jefe. Se introdujo de lleno en sus vidas. Les controlaba sus salidas con familiares o con amigos. Les avisaba con tiempo si había que hacer algún regalo de cumpleaños a alguien. En la oficina, por encima de sus quehaceres, siempre estaba atenta a todo lo que necesitaba el señor Solán. Le traía cafés, sándwiches..., era quien más horas pasaba con él encerrada en su despacho. Pero ahí no acababa todo. Fuera de su horario, le acompañaba a visitar a determinados clientes. En consecuencia, a los pocos meses, había llegado a ser su sombra, su mano derecha e incluso la izquierda.

Beatriz, que hasta aquel momento no había sido nada celosa, empezó a sospechar y a inquietarse. Una tarde en casa sacó el tema y le comentó a Arturo que veía cosas extrañas en la actitud de su secretaria.

–Pues tú me dirás, la elegiste entre un montón de jovencitas. ¡Ahora no me vengas con tonterías! –fue su única reacción.

Ella se dejó convencer asumiendo que sus inquietudes, realmente, eran tonterías. «¡Es demasiado joven!», pensó. Con todo, había algo en ella que la intranquilizaba.

Pasaron los meses y el trabajo de Arturo, a fuerza de echarle tantas horas, dio sus frutos: el primero, el ascenso de categoría y el segundo, un cambio de actitud hacia ella y hacia todo su entorno.

Se mostraba más cariñoso. Estaba más alegre. Cambió algunos de sus hábitos. De entrada, las corbatas aburridas y clásicas dieron paso a otras más alegres y coloridas. Muchas de ellas, tan atrevidas, que incitaban los comentarios de sus compañeros de departamento. Incluso su forma de actuar se transformó en juvenil y desenfadada. Como coincidió en el tiempo con su embarazo, pensó que todos aquellos nuevos signos externos obedecían a la euforia de la paternidad. Ni por un momento se tomó en serio las advertencias de su hermana, que la alertaba.

El rejuvenecido Arturo acudía con frecuencia a la farmacia a comprar todo tipo de reconstituyentes, como raíz de ginseng, que tomaba cada día y en dosis importantes. Esto sí empezó a inquietarla.

–¿Ahora que estoy embarazada –le recriminó en una ocasión– te atiborras de pastillas que sirven para potenciar tu actividad sexual?

–Eres una bruta. No sirven sólo para eso –replicó un tanto enfadado–, son para darme vigor. Piensa que tengo mucho trabajo. Me ayudan a no sentirme cansado al final del día.

Ella no volvió a sacar el tema. Pero aumentaba su preocupación a medida que notaba nuevos cambios, cada vez más extraños. Le chocó que cambiara sus clásicos calzoncillos, los de toda la vida, por una especie de shorts grises, negros y hasta con ositos.

Un día, en una de tantas reuniones familiares, Encarnación, la hermana de Beatriz, volvió a decir entre risas que cuando los hombres cambiaban tanto, e incluso se dejaban el pelo más largo –como estaba haciendo Arturo–, era porque había una poderosa razón con faldas rondando por los alrededores. Beatriz la cortó muy seria y le advirtió que no volviera a bromear. Arturo enmudeció para el resto del día.

Demasiado ocupada en su embarazo, Beatriz no se percató de los detalles inequívocos de la infidelidad de su marido. Estaba ciega. Como sucede en estos casos, fue la última en enterarse. En el banco eran famosas las bromas sobre las reuniones a puerta cerrada entre el jefe y la secretaria, que se prolongaban, a veces, por más de una hora.

La tensión se mascaba en el ambiente cuando Beatriz se

presentaba en el departamento sin previo aviso. Percibía en el entorno cierto nerviosismo, pero lo achacaba al sobreexceso de trabajo en determinadas épocas del año.

Poco a poco, aquella jovencita con cara de niña fue perdiendo la inocencia de su mirada. A veces, resultaba pícara y otras, malévola. Era capaz de engatusar a quien se propusiera, simplemente con su cara de interés y unos ojos muy abiertos y parpadeantes. Hablaba poco. Pero lo hacía de forma muy sutil y peculiar. Arrrastraba las vocales y alargaba las palabras. Su saludo al comienzo del día era un simple «¡Hooolaaa!», acompañado de una inclinación de cabeza y una sonrisa enternecedora. Y su despedida al final de la jornada un sonoro «¡Ciaoooooo!» arrastrado, mientras se llevaba la mano a la boca y lanzaba un beso al aire que distribuía a todos con un soplidito suave de gesto edulcorado.

Debajo de aquel aspecto aniñado había una mujer ambiciosa, con un objetivo muy claro: salir de la escasez en la que vivía desde que nació. Y bien pronto, comenzó a hacer realidad sus sueños.

Recordaba Beatriz cómo se fijaba en los regalos que en fechas señaladas le hacía Arturo. El último, aquellos pendientes tan sobrios y caros que le regaló en su fiesta sorpresa de cumpleaños. Al poco tiempo, apareció precisamente en la oficina con unos pendientes parecidos, y cuando Beatriz le preguntó quién se los había regalado, movida por una de esas intuiciones que le conducen a uno a descubrir el engaño, contestó que había sido su novio, pero que no eran buenos. Aquel «pero» sonó a excusa tonta. Le bastó para saber con certeza que eran auténticos y que quería ocultarle algo. Ahora estaba claro: su marido, para que su amante no se enfadara por los regalos, le compraba, al mismo tiempo, unos parecidos.

«¿Cómo lo habrá hecho para que no se note en la cuenta corriente?», se preguntaba. Bueno, la verdad es que se lo había puesto fácil, porque jamás pidió un extracto de su cuenta y eso que, desde el banco, le habría resultado facilísimo. Siempre había confiado en Arturo. Era él quien se encargaba de las declaraciones de la renta, de vender o comprar acciones, de las inversiones. En ese sentido, delegaba tanto que hasta llegó a firmarle papeles en blanco, cheques e impresos de la declaración sin cifra alguna, casi siempre con la excusa de las prisas y de que ya vencía el plazo.

«Yo luego lo relleno, cariño, no te preocupes más del tema. Esto lo soluciono yo.» ¡Cuántas veces había escuchado Beatriz estas palabras! Ahora le asaltaba la duda de si esos papeles, que había firmado en numerosas ocasiones, habrían servido para otros fines diferentes a los que le decía su marido. Como abogado conocía la importancia que tenía una firma en un papel en blanco y el daño con el que se podía encontrar.

Al poco tiempo de descubrirlo todo, pidió el estado de su cuenta corriente. Se quedó sin respiración cuando vio que después de tantos años juntos, sin hacer grandes gastos, tenían ahorradas noventa y tres mil quinientas pesetas.

–No puede ser, debe de existir algún error –le dijo Beatriz al compañero que le dio la hoja con el saldo.

Notó un escalofrío por todo el cuerpo. El papel se le cayó de las manos. Aprovechó, cuando se agachaba a cogerlo, para cerrar los ojos fuertemente y aguantar el llanto. «¡Dios, no puede ser! ¡No puede ser!», pensaba. Se sobrepuso a la impresión y le dijo a su compañero de la ventanilla:

–Por favor, ¿me das la lista de los movimientos de mi cuenta en estos últimos meses?

–Puedes volver a tu departamento. Te lo hago llegar allí, pues me va a llevar un rato.

Movió la cabeza asintiendo y se fue. Se sentó en su mesa y durante unos minutos se tapó la cara con las manos. Estaba desolada. Era partir de cero, después de tantos años de vida en común y una hija. ¡Como todo patrimonio tenía noventa y cinco mil quinientas pesetas! ¡Y para colmo estaría obligada a dividirlo con él! En realidad, el dinero con el que tenía que comenzar a vivir eran 46.750 pesetas. Hizo la operación varias veces con la calculadora: la cifra no cambiaba.

Al cabo de un par de horas, llegó su compañero con los movimientos del último año. Aprovechó para pedirle, con impaciencia mal disimulada, que le abriera una cuenta nueva, exclusivamente a su nombre.

–Por favor –le dijo Beatriz–, la abres con la mitad de lo que tengo en ésta. Necesito que lo hagas cuanto antes.

Tuvo un presentimiento y llamó rápidamente a su madre por teléfono. Sin explicarle nada, le comentó que necesitaba cerciorarse de la situación legal en la que se encontraba el piso:

–Mamá, por favor, necesito que vayas al Registro de la Propiedad y pidas una copia de la titularidad de la casa y de la situación en la que se encuentra.

–Hija, lo siento, yo ahora no puedo dejar lo que estoy haciendo e irme al Registro.

Después de unos segundos Beatriz comenzó a sollozar...

–¡Hija! ¿Qué te ocurre?... ¡Estás llorando!

No obtuvo respuesta, Beatriz seguía llorando sin consuelo.

–Tranquila, hija. Si para ti es tan importante ese papel, ahora mismo voy. Respira hondo y deja de llorar. ¡Ese mal nacido, no va a poder contigo! ¡Ya lo verás!

Beatriz se calmó un poco. Se tragó las lágrimas y le explicó a su madre:

–Tengo un presentimiento, mamá. Necesito saber el estado de mi casa. ¡Ese hombre es capaz de cualquier cosa!

Se acordaba de los papeles que había firmado en blanco y se le pasó por la cabeza la posibilidad de que hubiera vendido su casa, o de que le hubiera quitado a ella la titularidad con una renuncia expresa firmada por ella... Podía haber rubricado hasta su sentencia de muerte.

Ese día, junto con el del descubrimiento de la «muerte» de Arturo, estaba siendo uno de los más duros de su vida. Para colmo, sus sospechas se confirmaron aquella misma mañana. Su madre llamó al despacho y, con la respiración agitada, le dijo que la casa estaba hipotecada...

–¿Hipotecada? ¿Estás segura?

–¡Hija, está hipotecada! Pero sigue estando a nombre de los dos.

Respiró aliviada a pesar de que, en cuestión de dos horas, se había enterado de que no tenía prácticamente ni un duro en su cuenta corriente y de que, además, su casa estaba hipotecada.

–Beatriz, para hipotecar la casa, tu marido ha tenido que falsificar tu firma, el canalla.

–No, mamá; se lo he puesto en bandeja. Le firmaba los papeles sin mirar. Éste es el resultado.

Ahora era su madre la que enmudecía. Se quedó muy preocupada por el futuro de su hija. Beatriz sentía que su vida se desmoronaba, hundiéndose los cimientos uno a uno. Ya no tenía ni proyecto de vida en común, ni dinero con el que tirar adelante, ni tan siquiera la seguridad de que pudiera quedarse con su hija. Estaba claro: el que había sido, de cara a los amigos, el mejor de los maridos, se había convertido en el peor de los enemigos.

Beatriz no entendía como el hombre al que había conseguido querer podía haberse transformado en un ser tan despreciable, mentiroso y egoísta. Llegó a pensar que había desperdiciado la mitad de su vida al lado de un hombre que, en realidad, nunca había existido.

Aquellas dos noticias, la de la hipoteca y la de la cuenta corriente, la obligaron a mantenerse despierta hasta la llegada de Arturo, de madrugada. Cuando éste abrió la puerta de casa con todo sigilo, una sola palabra rompió el silencio de la noche: «¡Cabrón!». Arturo se apresuró a cerrar la puerta, para que ningún vecino pudiera escuchar.

–Ya me estás ofendiendo. A ver, ahora cuál es la siguiente invención.

–¡Serás caradura! ¡Dime una sola invención! Esa excusa ya no te vale. ¿O es una invención, por ejemplo, descubrir que en nuesta cuenta corriente no tenemos ni un duro? ¿O que la casa está hipotecada?

–Puedo explicarte –dijo tartamudeando, como siempre que se le pillaba en una mentira.

–¿Cómo puede explicarse que no tengamos nada ahorrado, cuando yo calculaba que podríamos tener unos quince millones y, desde luego, nuestra casa pagada hasta la última peseta gracias a la ayuda de mis padres?

–Quise darte una sorpresa y saqué el dinero para invertirlo en bolsa. El negocio parecía redondo. Me dieron el soplo de que invirtiera en nuevas tecnologías y ya ves cómo están las acciones, por los suelos.

–Y la hipoteca, ¿dónde ha ido a parar?

–¿No te acuerdas? –le contestó con cara soriente–. Me firmaste un papel para que hipotecáramos la casa.

–¿Yo? Los únicos papeles que he firmado han sido los de la renta, que tú me pasabas en blanco.

–¿Que yo te he dado alguna vez para firmar un papel en blanco? ¿Te das cuenta de que te falta un tornillo?

–Eso es lo que tú quisieras, pero estoy muy cuerda y tú lo sabes. Me has estafado, mentido, engañado y me has robado en mis propias narices. ¡Eres un delincuente!

Ahí se acabó la conversación. Arturo se dio media vuelta para marcharse. Indignado, se olvidó de sus anteriores precauciones y salió dando un sonoro portazo. Bajó por la escalera sin esperar el ascensor. Cuando salía por el portal se encontró con unos vecinos que volvían de una fiesta. Al verle irse a aquellas horas con tan mala cara le preguntaron si le pasaba algo. Éste, lógicamente, aprovechó la ocasión:

–Me voy de casa porque no hay quien aguante a mi mujer. Está perdiendo la cabeza y le da por insultarme.

–Pasa a nuestra casa si quieres –se ofrecieron los vecinos, conmovidos por el relato de Arturo.

–No, no..., me voy a casa de mis padres. Ya están acostumbrados.

Ya tenía en el bote a otros posibles testigos de la mala vida que le daba su mujer. Los señores González, desde entonces, la esquivaban cuando se cruzaba con ellos y le retiraron el saludo.

Mientras, Beatriz intentaba recomponer el puzzle en que se había convertido su vida, completamente ajena a las maniobras de su marido. Alterada por la bronca, no tenía sueño. Anotó en una libreta los datos que consideró importantes para construir su defensa, siguiendo los consejos del catedrático. Después, se sentó en la cama y echó un vistazo al correo que tenía sin abrir encima de la mesilla de noche. Ahora controlaba especialmente las cartas que le remitía el banco. Miraba y remiraba cada nómina, intentando estirar la cantidad. Tenía que pensar en ella como único motor de la familia, porque hasta que el juez no dictara las medidas provisionales, Arturo haría todo lo posible por no pasarle nada de dinero.

Otras cartas eran de propaganda. Se fijó en una que hablaba de cómo rejuvenecer diez años. ¡Eso es lo que ella necesitaba! Tenía su autoestima por los suelos. Su marido se había ido detrás de una jovencita, veinte años menor, lo que la había hecho sentirse vieja, afeada por el paso del tiempo. Este año, su cumpleaños había pasado casi sin festejo. Sus padres y su hermana Encarnación trataron de cantarle el cumpleaños feliz, pero el intento no pasó del «te deseamos todos...». Afortunadamente, en aquel momento, Mónica comenzó a dar palmitas, lo que provocó risas y relajó el ambiente.

Habían transcurrido ya cinco meses desde que supo que su marido «había muerto». Y su situación, cada día que pasaba, se enturbiaba más.

Como era previsible, no hubo felicitación de Arturo, ni pendientes caros, ni sortijas. No hubo nada. Tampoco ella lo esperaba... Sí fue una sorpresa, en cambio, recibir la llamada de su amiga de toda la vida, María José. La amiga del colegio a la que contó aquello de la maldición de los Biosca. Encarnación, un día que se encontraron por la calle, le había contado que estaba en trámites de separación. Quedaron en verse y, antes de colgar el teléfono, le dijo:

–Aunque no nos llamemos, da igual. Siempre seremos amigas. Yo estaré cerca de ti, cuando me necesites.

Aquellas palabras la animaron mucho, ayudándola a superar aquel cumpleaños.

Se recostó en la cama, mientras seguía abriendo las cartas que quedaban. Al ver el membrete de la última, se puso de pie, como por resorte: «Juzgados de la Plaza de Castilla». Apretó con fuerza la carta contra su pecho. Cerró los ojos durante unos instantes. Ahí estaba la esperada carta, antes de lo que pensaba. Por fin descubriría los motivos que había alegado Arturo para presentar la demanda de separación. Ya no habría tregua, el proceso se ponía en marcha.

Le temblaban tanto las manos, que no atinaba a abrir el sobre, así que acabó rompiéndolo burdamente. Era una citación para verse cara a cara con el demandante ante el juez de familia. El motivo alegado para la separación era, conforme al artículo 82 del Código Civil, por perturbación mental, exigiendo el cese de la convivencia y la guarda y custodia de la hija.

Beatriz no pudo ni gritar. Aunque venía a confirmar sus sospechas, era un golpe demasiado bajo.

«¡Esto es muy serio! ¡Muy serio! –se decía a sí misma–. ¡Tranquila, Beatriz! ¡Tranquila!»

Comenzó a buscar en su agenda el teléfono del catedrático. Estaba tan nerviosa que ni veía.

Repasó la letra jota. Por fin lo encontró: Jiménez, Manuel. Miró el reloj. Con la agitación no se había percatado de que todavía era demasiado temprano. Trató de relajarse un poco y de descansar un par de horas antes de volver al trabajo. La esperaban días muy ajetreados.

A la mañana siguiente, nada más llegar a la oficina llamó a don Manuel. Marcó el teléfono y al segundo tono le contestaron.

–¿Sí? ¿Dígame?

Era la voz del catedrático, pero aun así preguntó por él, como si no le hubiera reconocido:

–Don Manuel Jiménez, por favor.

–Soy yo, Beatriz. ¿Qué te ocurre?

–Don Manuel, llegó la citación. Es para dentro de quince días.

–¿Qué ha alegado para solicitar la separación?

–Apela al artículo 82 del Código Civil...

–Por alcoholismo no, por droga tampoco, ¿perturbación mental?

–Exacto.

–No te preocupes. La «guerra» no ha hecho más que comenzar.

Capítulo 10

Beatriz pasó también la noche siguiente prácticamente en vela. La angustia que tenía desde que recibió la citación le impedía cerrar los ojos. Se acostaba y levantaba continuamente a mirar a su hija. Observaba cómo dormía plácidamente, ajena a todo el proceso que se acababa de poner en marcha. Mantenía una de esas posturas suyas tan curiosas: se tapaba los ojos con el antebrazo, como si no quisiera que la vieran. Dejaba a la vista sólo su boca sonriente y con la otra mano cogía con fuerza su osito de peluche. En un momento de la larga noche, le canturreó una nana, que había aprendido de su madre. La cantaba en alemán, su idioma favorito. La tarareaba una y otra vez, mientras acariciaba la piel de su hija con un solo dedo, despacio...

Se despertó al despuntar el día. Se había quedado dormida en el sillón, y le dolían los brazos y la espalda por la postura. Se encontraba muy mal. Le pesaba todo el cuerpo. Se acercó al espejo del baño y, al verse, lanzó un expresivo: «¡Puaff!», a la vez que cerraba los ojos como queriendo borrar aquella imagen. No se atrevía a abrirlos de nuevo y optó por entornarlos. Seguía sin gustarle aquello.

Se tocó la cara. Estaba muy caliente. Aunque no le hacían falta los termómetros para detectar la subida de temperatura, lo comprobó con el que utilizaba para la niña. Tenía treinta y nueve grados.

–¿Y ahora qué voy a hacer? –se preguntaba.

El colmo de aquella situación, en la que estaba a punto de perder a su hija, era perder también la salud. Por primera vez en su vida, llamó al trabajo para decir que no podía ir. Su jefe, Fernando Pau, le dijo que no se preocupara:

–Lo importante –aseveró– es que te recuperes rápido. No vengas en unos días. Te llamo mañana para que me digas cómo estás.

A pesar de la fiebre, se arregló y dejó a la niña en la guardería. Se le nublaban los ojos y su cuerpo estaba dolorido, pero decidió ir a casa de don Manuel sin previo aviso.

Ya en la puerta de su casa, le llamó desde el móvil. Una vez más, contestó él mismo.

–¿Sí?

–Don Manuel, soy Beatriz. Necesito verle sin falta esta misma mañana.

–Ven cuando quieras. Piensa que soy un hombre jubilado. A mí, a lo largo del día, lo que me sobran son horas.

–Pues si no le importa paso ya, estoy en la puerta.

–¡Esta chiquilla! ¡Anda, pasa!

El propio don Manuel abrió la puerta.

–¿Beatriz, qué te ocurre? No tienes buena cara.

–Me encuentro muy mal. Sólo de pensar que puedo perder a mi hija me ha dado fiebre. ¡Es lo único que me queda de una vida totalmente perdida!

–Ayer te dije que estuvieras tranquila. Pero quizá lo que más va a ayudarte es que empecemos a trabajar en serio.

Su mujer acudió rápidamente a la llamada de don Manuel, con un antipirético y un vaso de leche. A los veinte minutos, se encontraba algo mejor.

Beatriz le narró sus últimas averiguaciones sobre la vida de su marido y el hallazgo del nido de amor. Tenía el buzón a nombre de señores de Solán y varios vecinos podían asegurar que actuaban como marido y mujer. Otro posible testigo era el policía, que le denunciaba habitualmente desde hacía dos años y que podía testificar que ese coche aparcaba siempre en el mismo lugar.

El catedrático escuchaba con mucha atención y tomaba algunas notas en su libreta. En un momento determinado, frenó el discurso de Beatriz:

–Todo eso está muy bien para la separación. Pero ahora, lo que realmente debe centrar todo nuestro esfuerzo es que no te quiten a tu hija. Hay que desmontar su argumento sobre tu perturbación mental. Quiero que te hagas sin falta un test psicológico y consigas un diagnóstico que descarte todo tipo de enfermedad mental, realizado por un buen psiquiatra. Déjame pensar, psicólogo y psiquiatra tienen que ser los mejores, unas auténticas eminencias, cuyos análisis nadie se atreva a poner en duda.

Echó mano de su agenda e hizo un par de llamadas desde otra habitación. Al rato, acudió donde estaba Beatriz y le dijo:

–¡Ya los tengo!

–¿Quiénes son?

–El psicólogo Agustín Ekaizer y el psiquiatra José Pérez del Campo. Ahora, te vuelvo a advertir: a ellos ni se te ocurra decirles que es por una demanda de separación y, mucho menos, que tu marido ha alegado perturbación mental. Les dices a los dos que necesitas cuanto antes un análisis para un nuevo puesto de trabajo. Por favor, es muy importante que no se te escape ni un solo dato en torno a tu separación.

Ella escuchaba con los ojos muy abiertos, sin decir palabra. Seguía algo febril y se limitaba a asentir con la cabeza todo cuanto decía don Manuel.

–Beatriz, ahora mismo vas a llamar a las consultas de ambos y les pides hora. ¡Vamos!

Marcó primero el teléfono del psiquiatra José Pérez del Campo. Enseguida contestó una enfermera.

–¿Sí?, consulta del doctor Pérez del Campo.

–Buenos días, quería pedir hora para el doctor. Tengo bastante urgencia.

Don Manuel le hacía aspavientos mientras hablaba y le estaba poniendo bastante nerviosa, pues no sabía si era porque lo estaba haciendo bien o mal.

–Mire, no le puedo dar hora hasta dentro de un mes. El doctor se va a un congreso dentro de una semana y de aquí a siete días están todas las horas cogidas.

–Pe... pero eso no puede ser. Por favor, debe existir alguna manera de encontrar un hueco.

–Mire, no le podemos hacer excepciones. Lo siento.

Beatriz se quedó muda, con el teléfono en la mano, sin saber qué hacer. Su profesor colgó el auricular y con la mirada le pedía resultados.

–Bueno Beatriz, ¿cuándo te ve?

–Nunca. No puede. Se va en una semana a un congreso. Me dan hora para dentro de un mes. Nosotros sólo tenemos quince días.

–Bueno, que no pueda no supone más que una piedra, una chinita en el camino. ¡No pasa nada! ¡Hay otros, igual de importantes que él! ¡Sigamos!

Beatriz marcó ahora temblorosa el número del psicólogo. Tardaban en contestar la llamada. Finalmente se escuchó la voz de una mujer.

–¿Sí?

–Por favor, quería pedir hora para ver al señor Ekaizer.

–No faltaba más, ¿me puede adelantar algo de su consulta?

–Quiero que me haga un test psicológico. Lo necesito para presentarlo junto a mi currículum, en la solicitud de un nuevo puesto de trabajo.

–¡Ya! ¿Le corre mucha prisa?

–Sí, por favor, si puede ser mañana, mejor que pasado.

La enfermera se echó a reír y le hizo un comentario sobre lo mal que estaban los puestos de trabajo.

–Mire, le podría recibir el miércoles de la semana que viene.

–¿No podría ser antes?

–Bueno, en ese caso, tendría que ser ya fuera del horario habitual. Eso le supondrían a usted unos honorarios que no sé yo si le va a compensar.

–Supongo que sí –dijo Beatriz.

Cerraron la cita para dos días después. Don Manuel se frotaba las manos, mientras paseaba de un lado a otro de la estancia. Mascullaba algo entre dientes, difícil de descifrar. Se paró de repente y, como quien ha hecho un gran descubrimiento, exclamó:

–¡Ya está!

Ella aguardaba intrigada. Se limitaba a seguirle con la mirada. Vio cómo se encaminaba al teléfono y marcaba un número de memoria.

–¿Juan? Soy yo, Manu. ¿No conocías a Pérez del Campo, el psiquiatra, o tenías algún parentesco con él?

Beatriz prestó aún más atención, a pesar de que no sabía con quién hablaba, ni podía escuchar al interlocutor.

–Ya, ya..., pero aunque le hayas perdido la pista, las amistades de la infancia no se olvidan. Hazlo por mí, Juan. Sabes que nunca te he pedido nada, pero la hija de un amigo mío necesita, para un puesto de trabajo, un simple diagnóstico de que no padece ningún tipo de enfermedad mental. Y el mejor especialista es él. Tú lo sabes.

La respuesta provocó un gesto de contrariedad en don Manuel, que insistía:

–¡Hombre! No es molestarle para un simple trámite. A esta chica le va mucho en ello. Tiene una hija y es una oportunidad única para mejorar económicamente.

Después de una rápida despedida, colgó. Visiblemente esperanzado comentó:

–Bueno, Beatriz, a ver si ahora tenemos mejor suerte. Este amigo, que conoce a Pérez del Campo, le va a llamar. Con un poco de suerte te hace el estudio, aunque sea con prisas.

A los pocos minutos volvió a sonar el teléfono. Don Manuel se apresuró a responder. Tras una breve conversación, colgó.

–Beatriz, te recibe mañana.

Se levantó del sillón y sin poder reprimirse, le abrazó. Era lo primero que le salía bien en mucho tiempo. Ahora tenía que prepararse para no meter la pata al día siguiente y al otro.

Aquella mañana en casa del catedrático fue muy fructífera, pues, además, ante la premura por la vista de su caso, le recomendó a un licenciado, recién salido de la facultad, para que le echara una mano preparando las preguntas a la parte contraria y las alegaciones para su defensa.

–¿Quién es ese joven, don Manuel?

–Mi sobrino nieto Felipe Romero, nieto de mi hermana Paula. Es un portento. Matrícula de honor en toda la carrera, número uno de su promoción.

Inmediatamente le vino a la mente la imagen de un pitagorín repelente, pero no tenía más remedio que aguantarse: ¡se lo recomendaba la única persona que la ayudaba en la defensa!

–¿Cuándo le puedo conocer? –preguntó ella.

–Si quieres le llamo para que os conozcáis. Vive cerca, y ahora estará en casa. Ha empezado a preparar el doctorado.

A los pocos minutos de haberle telefoneado sonó el timbre. Don Manuel salió a recibirle. Desde la biblioteca, Beatriz les oía charlar. Tenía una voz bonita y llena de vida. Hablaban del estado de salud de un pariente. Escuchó cómo se iban acercando las voces, y se sorprendió al verles entrar. No esperaba ver a un joven tan corpulento, parecía un jugador de rugby, con unos ojos azul plomo que destacaban más por la montura metálica de sus gafas. Para ser un recién licenciado aparentaba más edad. Unas considerables entradas habían respetado algo de su rubia cabellera. Le extendió la mano para saludarla, pero Beatriz se acercó a darle un beso. Su sonrisa fue lo que más la cautivó. Abierta, franca, llana. Parecía un hombre de verdad, auténtico y sin doblez.

–Bueno, me dice don Manuel que en los próximos días vamos a trabajar duro los dos. ¿Estás dispuesto?

–Cuando usted quiera.

Aquel «usted» le cayó como una losa. Los separaban catorce años, y la cortesía de aquel joven los había acentuado.

–Pues si vamos a trabajar juntos –le pidió Beatriz–, lo primero es quitarme el usted y llamarme de tú, ¿de acuerdo?

–Lo siento, es una costumbre.

El profesor los apremió a los dos para que se sentaran a trabajar en la mesa de la biblioteca. Les dio papel y lápiz y comenzaron a repasar el caso. Como si estuviera en su clase de la facultad, el catedrático fue desglosando la estrategia:

–Punto número uno para un buena defensa: estar absolutamente convencido de que nuestro defendido lleva la razón. Segundo, no dejar a la parte contraria ningún argumento que pueda ser utilizado en nuestra contra.

Ella ya no se acordaba de la fiebre, eufórica como estaba ante el cariz que tomaba su defensa. Anotó el número de teléfono de su nuevo ayudante y ella a su vez le dio su móvil. Tenían que verse todos los días, aunque sólo fueran diez minutos, pues quince días era poco tiempo para todo el trabajo que les quedaba. Antes de volver a casa, don Manuel le insistió mucho en que al día siguiente fuese muy tranquila a la consulta del psiquiatra.

–Beatriz, evita las respuestas pesimistas. ¡Siempre positiva! Te quiero relajada y con una sonrisa cuando estés cara a cara con el doctor.

Aquella noche se tomó una pastilla de raíz de valeriana para relajarse y dormir algo. Mientras conciliaba el sueño, se imaginó un larguísimo pasillo, largo y estrecho, hasta llegar al despacho del doctor. Luego le vinieron imágenes del interrogatorio al padre Logan, en su película favorita, *Yo confieso*, de Hitchcock. Allí Montgomery Cliff interpretaba magistralmente la resistencia de una persona inocente acosada de manera inmisericorde por quienes le imputan un delito. Él, como ahora le pasaba a ella, era víctima de una acusación falsa. Así, adormilada, entre pesadillas e imágenes de una situación que estaba por llegar, pasaron las horas.

Amaneció con mejor aspecto que el día anterior. Ya no tenía fiebre, pero el cuerpo seguía dolorido, como si le hubieran pegado una paliza. A eso de las nueve sonó el teléfono. Era su jefe para saber cómo se encontraba. Y, por primera vez, le mintió:

–No me encuentro nada bien. Me voy a acercar esta mañana al médico.

Beatriz no le dijo a qué médico acudiría, no quería que nadie de la oficina estuviera al corriente de sus pasos. Fernando Pau insistió en que no volviera a la oficina hasta que se encontrara completamente recuperada. Beatriz se lo agradeció, sin demasiados énfasis, para que no sospechara.

Después de comprobar que una noche más Arturo no había ido, ni para cambiarse de camisa, llevó a la niña a la guardería y se puso en camino para no llegar tarde a la consulta del psiquiatra, que la recibiría antes de comenzar a ver a sus pacientes.

Cuando llamó al timbre, le abrió una enfermera con cara de pocos amigos. «Probablemente –pensó Beatriz– por mi culpa ha tenido que venir antes al trabajo.» Le hizo sentarse en la salita de espera. No se oía ni un solo ruido. Empezó a pasear la mirada por las paredes llenas de títulos. También enmarcados se podían ver artículos publicados en prensa y fotos que inmortalizaban eventos especiales. Le llamó la atención especialmente una en la que el doctor, al que conocía por sus apariciones televisivas, estaba en Nueva York con el premio Nobel, Severo Ochoa. Se disponía a leer una de las revistas atrasadas que había en la mesita, cuando entró la enfermera y le indicó que ya podía pasar.

Al ponerse de pie, le temblaron las piernas por los nervios. Allí estaba el largo y estrecho pasillo que se había imaginado la noche anterior, que conducía al despacho del doctor.

La enfermera golpeó con los nudillos y abrió la puerta. El doctor, todavía sin la bata blanca, y con aire de sabio despistado, la recibió con una amplia sonrisa.

–Así que usted es conocida de Juan Rodríguez, mi buen amigo «El Pandereta», como le llamábamos de niños.

–Bueno, en realidad soy amiga de un buen amigo suyo, don Manuel Jiménez, catedrático de Derecho.

–Ya. Bueno, pensé que le conocía. Hace mucho que no le veo y tenía ganas de saber cómo lo tratan los años. En mi caso, el tiempo se ha recreado, pues, como siempre digo, todas estas arrugas –y se señalaba la cara–, me las han proporcionado mis pacientes con sus problemas.

Ella sonreía mucho, tal como le había aconsejado el catedrático.

–Bueno, que se nos echa el tiempo encima. ¿En qué le puedo ayudar?

–Doctor, quiero cambiar de empleo y las dos empresas que me han hecho entrevista me han pedido que acompañe mi currículum con un informe psiquiátrico.

–¿Y para qué quieren las empresas un informe psiquiátrico? ¿Qué trabajo va a desempeñar usted?

No dejaba de sonreír pero por dentro tenía ganas de salir corriendo. No tenía ni idea de qué contestarle, pero sin titubear dijo lo primero que se le vino a la cabeza:

–Es para la dirección de personal, en un banco. Y piden todo tipo de informes físicos y mentales. Me acabo de someter a un montón de análisis, incluida la prueba del sida.

–¡Qué atrocidad! Cada vez os piden más a los jóvenes.

–Bueno, yo ya no soy tan joven. Tengo treinta y nueve años.

–Usted es para mí una niña... Bien, pues manos a la obra. Le voy a hacer una serie de preguntas encaminadas a que yo me introduzca en su mente. Todas estas pruebas nos llevarán una hora aproximadamente. De modo que apague su móvil y relájese.

El doctor se levantó, salió unos segundos del despacho y regresó enfundado en su bata blanca. Traía entre sus manos una libreta negra y un bolígrafo dorado. Una vez que estuvo sentado junto a ella, comenzó el interrogatorio con los datos de rutina: nombre, profesión, edad, estado civil y número de hijos, para iniciar el estudio inmediatamente después.

–Deletréeme el nombre.

Lo hizo de un tirón sin equivocarse.

–¿Qué fecha es hoy?

–Catorce de febrero –respondió con celeridad.

Era el día de los enamorados. ¡Ni se había dado cuenta! Ahora más que nunca le parecía una celebración absurda. ¿Realmente existía alguien que viviera enamorado?

–Recuerde estas tres palabras: amor, raqueta y vestido. Ahora intente copiar este dibujo que le muestro.

Beatriz comentó que a ella se le daba bien el dibujo, pero hacía tiempo que no practicaba. Cuando hubo acabado, siguieron las preguntas.

–¿Se acuerda de las tres palabras que le dije que memorizara?

–Creo que sí: vestido, raqueta y amor.

–¿Por qué ha dejado el amor para el final?

–No lo sé, casualidad, supongo.

De haber podido, le habría explicado que porque no creía absolutamente en el amor. Es más, que el amor de pareja no existía, que era pura ficción, mera representación... Consciente de que había metido la pata, comenzó a sentirse nerviosa.

Le puso después varias sumas, tras las que le sometió a una batería de preguntas muy rápidas. Terminada esta primera parte, apuntó una calificación que no alcanzó a ver. Después prosiguió, ya más relajadamente, pidiéndole que le hablara de los asuntos que más la preocupaban.

Ella habló del futuro de su hija, de su salud, de una enfermedad que tenía su padre y que no lograban diagnosticar... El doctor le replicó:

–¿Por qué no me habla usted de su marido?

–Estamos separados –contestó secamente, sin entrar en más detalles.

En la siguiente fase del examen, el psiquiatra le mostró unos dibujos. El primero, de una mujer que miraba el mar desde un puente, según ella le explicó.

–Ahora dígame qué ve usted en esta otra lámina.

–Veo un señor durmiendo y a otro observándolo.

Así una tras otra, tras otra... Cuando estaba a punto de decirle que no podía más, escuchó:

–Hemos concluido.

–¿Y cómo me ve, doctor? –le inquirió.

–Sé que usted me oculta algo, probablemente relacionado con su marido. Pero en lo que a mí respecta, que es saber si usted padece algún tipo de enfermedad mental, le diré que en absoluto.

–Doctor, ¿me dará usted el resultado ahora mismo?

–Sí, lo que tarde la enfermera en pasarlo a limpio. ¡Ah!, le voy a recetar una medicina para superar su actual estado de ansiedad y estrés.

Se extrañó. Había hecho el esfuerzo por contestar exactamente lo que debía oír el doctor para que la valoración fuera positiva. Algo, era evidente, había fallado. Ya en la sala de espera, con los primeros pacientes aguardando consulta, estuvo a punto de echarse a llorar. Se preguntaba dónde habría cometido el error. La tensión se le acumulaba y preguntó por el lavabo. En cuanto cerró la puerta, se derrumbó. Lloró un buen rato tratando de que nadie la oyera. Un poco más calmada, se lavó la cara y se miró al espejo varias veces, sonriendo, en un intento de hacer desaparecer su tristeza.

Volvió a la salita y, al poco rato, la reclamó la enfermera. Le dio un sobre cerrado y le dijo:

–Son treinta mil pesetas.

–¿Admiten cheques? –preguntó, pues sólo llevaba quince mil pesetas. No podía imaginarse que por una hora de consulta le cobraran esa cantidad.

–Sí, admitimos cheques –le confirmó la enfermera mientras le extendía la factura.

Salió sin atreverse siquiera a abrir el sobre. Caminó un buen rato sin rumbo fijo, necesitaba tomar el aire. Agobiada, como quien ha suspendido el examen de fin de curso, se decidió a leer el estudio. Tras un montón de tecnicismos ininteligibles venían las conclusiones: «Paciente con un estado de ansiedad provocado por una vivencia estresante. Se descarta cualquier tipo de psicosis. No se ha observado ningún tipo de reacción psicótica...». ¡Justo lo que necesitaba! «¿Quién no tiene estrés o ansiedad?», se justificaba. Uno de los más afamados psiquiatras descartaba cualquier tipo de enfermedad mental. Casi no podía creérselo. Cuando lo daba todo por perdido aquel informe le devolvía todas las esperanzas. Aquellas treinta mil pesetas eran las que más a gusto había pagado en toda su vida. Desde el móvil llamó al catedrático:

–¿Sí? –contestó el propio don Manuel.

–Soy Beatriz.

–¿Qué tal ha ido todo?

–Hemos ganado, hemos ganado. Descarta todo tipo de psicosis.

–No te precipites, es otra batalla. Nos quedan muchas más. Pero mi más sincera enhorabuena.

Capítulo 11

Se despertó sobresaltada por el timbre del teléfono. La había arrancado de su sueño, y tardó en reaccionar. Cuando fue a descolgarlo, dejó de sonar.

–¡Mierda! –exclamó mientras recogía del suelo el despertador, víctima del agitado intento por llegar al teléfono.

«¿Quién sería? –se preguntaba mientras comprobaba que eran las cinco de la mañana–. ¡Qué raro! Seguro que nada bueno.»

Sentada en la cama esperó unos minutos. Nada. Se acercó a la cuna de Mónica, que respiraba tranquila, ajena a cualquier ruido y sin que la luz alterara su sueño. La niña llevaba varias noches durmiendo mucho mejor. Justo cuando iba a apagar la luz, la sobresaltó el estruendo del teléfono. Esta vez, lo alcanzó a la primera.

–¿Sí? –dijo con la respiración agitada.

–¡Hija!, soy mamá. Tu padre se ha caído en el salón –las lágrimas acallaron su voz.

–Voy, no te preocupes. Ahora mismo llamo a una ambulancia. ¿Lo sabe Encarna?

–Sí, la acabo de llamar. ¡Hija! No sé si tu padre está... –No pudo acabar la frase. Comenzó a llorar con desconsuelo.

–¡Cuelga! Mamá, por favor, llama a la vecina para que te eche una mano.

Nerviosa y preocupada, se movía con torpeza. Buscó un pantalón y se lo puso encima del pijama. Le temblaban las manos. No estaba preparada para recibir semejante noticia. Su padre era el referente de su vida: hombre honesto, muy trabajador y de pocas palabras. Sus ojos lo decían todo. Durante todo el proceso de separación, su padre había preferido callar, como expresión del desprecio que sentía por Arturo. Aunque no se lo hizo saber a su hija, nunca lo había aceptado.

Por más prisa que quería darse, no lograba moverse con rapidez. Llamó a información para que le dieran el teléfono de emergencia que tantas veces había escuchado en la radio, pero que ahora era incapaz de recordar.

–Le habla Esther Guillén, ¿en qué puedo ayudarle?

–¡Por favor! Para una ambulancia... ¡rápido!

–Llame al 061 –respondió eficiente la señorita de información, a sabiendas de que ocurría algo grave.

Marcó y pidió una UVI móvil. Dio las señas y añadió un desesperado «¡Sálvenlo, por favor!».

Colgó, y se puso el primer jersey que vio. Se fue rápidamente al cuarto de Arturo. Tampoco esta noche había venido a dormir, de modo que, mientras volvía a su habitación y se colocaba los zapatos, se preguntaba qué haría con la niña. No le dio más vueltas. Tal como estaba, la envolvió en una manta y salió de casa. No se detuvo ni siquiera para cerrar con llave. No quería perder más tiempo.

Justo en la esquina de su bloque había una parada de taxis en la que casi siempre solía haber alguno. Precisamente en aquel momento paraba un taxi del que descendió una pareja. Eran los González, los vecinos que desde hacía tiempo esquivaban su saludo. A esas horas y con aquella pinta no tuvieron más remedio que decirle algo:

–¿Le ocurre algo a la niña?

–No, a mi padre.

No dio más explicaciones, se metió en el taxi y cerró la puerta. Dejó al matrimonio con la palabra en la boca. El marido sentenció:

–Esta mujer no anda muy bien de la cabeza. ¡Mira que salir con la niña a estas horas!

El taxista corrió todo lo que pudo. Cuando llegaron, los enfermeros evacuaban a su padre en una camilla. Se bajó del coche dejando al taxista un billete de dos mil y sin esperar el cambio. Con Mónica en brazos, se acercó hasta su padre, que tenía los ojos abiertos. Aquellos ojos en los que ella tanto se fijaba, y que ahora estaban inexpresivos.

–Papá, ¿cómo estás? ¡Papá, dime algo!

Los enfermeros la apartaron.

–Por favor, por favor, su padre requiere que le atiendan urgentemente en el hospital.

–¿Adónde le llevan?

–Al Hospital de la Virgen Blanca –respondió su hermana, que bajaba en aquel momento abrazada a su madre, incapaz de articular palabra.

–¿Qué tiene?, ¿qué le ha pasado? –inquirió Beatriz.

–Los médicos creen que le ha dado una hemiplejía. Esperemos que la supere. ¡Está muy grave!

Antes de que los enfermeros cerraran la UVI móvil, pidió que la dejaran ir con él.

–Señora, ¿no se da cuenta de que lleva a un bebé en brazos? Una UVI no es el lugar para un niño –cortaron tajantes los enfermeros, antes de cerrar las puertas del vehículo.

Al lado de la ambulancia se había quedado, curioso, el taxista. Hizo Beatriz un gesto para que no se fuera, y las tres subieron al coche.

–¡Por favor, siga a la ambulancia! De todas formas, si la perdemos, se dirige a la Virgen Blanca.

A esas horas de la madrugada no había ningún problema que impidiera seguir de cerca a la ambulancia. Con tanto ajetreo, Mónica se despertó. Como era obvio, no podía entender lo que pasaba, y protestaba como sólo los niños pueden y saben hacerlo.

–¿Cómo ha sucedido? –le preguntaba a su madre, mientras le ponía el chupete a la niña intentando tranquilizarla.

–No lo sé. Se ha levantado para ir al baño. Yo he seguido durmiendo y, al cabo de un rato, al ver que no volvía, he ido a buscarle y es cuando le he encontrado tendido en el suelo. Pensé que estaba... –no se atrevía a decir la palabra.

Llegaron al hospital cuando sacaban a su padre de la ambulancia. Tendido en la camilla, en pijama, la intimidad de Manuel Biosca se rompió para formar parte de la curiosidad de cuantos pululaban en las proximidades de la entrada de urgencias. Ironías de la vida. Su padre, que siempre había sido muy cuidadoso en la manera de presentarse ante los demás, iba en la camilla desmadejado y medio desnudo. En su aturdimiento hizo ademán de querer bajarse de la camilla. Inmediatamente los enfermeros se lo impidieron.

Mientras le ingresaban con rapidez en el hospital, ellas alcanzaron a enviarle su ánimo:

–¡Papá, te pondrás bien! –le dijo Beatriz, aunque poco convencida en su fuero interno–. ¡Ya lo verás, papá!

–¡Tranquilo, todo saldrá bien! –corroboró Encarnación.

No pudieron seguir a la camilla. Una enfermera las detuvo.

–No pueden entrar con el paciente, lo siento. Enseguida les daremos noticias –y les indicó dónde podían sentarse.

Su madre lloraba desconsolada. No había acertado a pronunciar una simple palabra. Siempre había tenido miedo, pánico a la muerte. ¡Y ahora la veía tan cerca! Su marido y ella habían celebrado ya los cuarenta años de casados, y se habían acostumbrado tanto a vivir juntos que no se imaginaban el uno sin el otro. Habían pasado sus dificultades, incluso por tres veces llegaron al límite planteándose la separación. Pero, con todo, las superaron. Aurora sentía que con su marido se iba parte de su propia vida. Casi inerte y sobre aquella camilla iba el hombre con el que lo había compartido prácticamente todo.

Se sentaron juntas en unas sillas de plástico gris, sin poder pronunciar palabra mientras observaban lo que ocurría a su alrededor.

Había un gran cartel que con letras no muy grandes prohibía el uso de móviles. Sin embargo, cada cierto tiempo, rompía la monotonía de la espera el sonido de uno. Era como si las normas poco importaran en esa sala. También se pedía silencio en otro cartel al que nadie hacía caso.

Las colillas estaban aquí y allá, esparcidas por el suelo y

casi ninguna en los ceniceros. Había mucha tensión en el ambiente, y los rostros de las personas mostraban preocupación. El goteo constante de ambulancias provocaba un ir y venir de camillas con enfermos y accidentados. Lejos de calmarse, los nervios iban en aumento.

Todos anhelaban algún dato esperanzador sobre lo que pasaba con sus familiares. De vez en cuando, daban el nombre de alguna familia por megafonía. Era un momento liberador. El familiar acudía al encuentro de la enfermera que traía el informe. Se convertía así en un privilegiado ante los ojos de los demás.

Beatriz sujetaba con fuerza a su hija, mientras la seguía acunando. Al fondo, un hombre protestaba porque llevaba hora y media esperando noticias de su mujer y nadie le daba la más mínima explicación.

Aquello impacientó aún más a Beatriz, que decidió salir de la ignorancia y acabar con aquella agonía. Dejó a la niña en brazos de su hermana y, como si fuera personal de enfermería, entró por la puerta por la que desaparecían de su vista las camillas, y en la que se podía leer perfectamente un gran cartel con la frase: «Prohibido el paso». Resuelta y decidida, se dirigió a la primera persona que vio con un fonendoscopio en el cuello y un batín blanco:

–Por favor, necesito que me digan algo sobre el estado de mi padre. Ha entrado en camilla hace una hora y no sabemos nada.

–¿Cómo se llama su padre? –le contestó el médico.

–Biosca, Manuel Biosca –contestó aceleradamente.

Una enfermera se percató de su intromisión y acudió a echarla.

–Aquí sólo puede entrar personal sanitario –le dijo en muy mal tono–. Haga el favor de esperar fuera.

–Yo de aquí no me muevo. Necesito llevar una contestación a mi madre o, si no, en pocos minutos tendrán ustedes otra urgencia.

El médico indicó a la enfermera que él se hacía cargo. Hizo un aparte con Beatriz y le habló con franqueza.

–Su padre está muy grave. Le estamos haciendo pruebas para saber el alcance de la lesión.

–¿Qué le ha pasado?

–Una hemiplejía le ha paralizado el lado derecho y ha perdido el habla. Su padre quedará ingresado en planta. Les avisaremos cuando lo llevemos a Neurología.

Fue un mazazo. No quería creerse lo que acababa de escuchar. Al momento, percibió la mirada llena de ira de la enfermera, lo que, en otra situación, le hubiera causado enojo. Volvió a la sala dando un fuerte empujón a las batientes de la puerta. Al verla, su madre y su hermana, con Mónica en los brazos, se pusieron de pie.

–¡Cuéntanos! –le pidieron.

–Papá tiene paralizado el lado derecho y ha perdido el habla. Está realmente grave. Le van a dejar ingresado.

Ninguna sabía qué decir. Mónica se había despertado con el brusco movimiento de su tía, y tendía los brazos para que la cogiera su madre.

–Mamá, mamá –balbuceaba insistentemente la pequeña.

–Tengo que llevar la niña a casa –dijo–. Tiene que desayunar y, además, éste no es sitio para ella. Estoy pensando en llamar a María José. La última vez que hablé con ella, me dijo que tenía una buena canguro para mi hija, cuando la necesitara. No puedo llevarla a la guardería después de la noche que ha pasado.

–Tienes razón, hija –contestó Aurora–. Debe estar muy cansada. Iros las tres, yo me quedaré aquí.

–No es necesario –terció Encarna–. Llamaré al trabajo y seguro que no hay problema alguno en que me quede contigo.

–Yo volveré en cuanto pueda. Hoy tengo una cita fundamental para mi defensa en el juicio –Beatriz no especificó que iba a un psicólogo, ni entró en más detalles–. En cuanto acabe, aquí estaré. De todas formas, llamadme al móvil si hay alguna novedad.

Se fue con una tremenda sensación de impotencia. Quería quedarse junto a su padre. Cogerle la mano y apretársela fuerte, como cuando, de pequeña, iban juntos al cine.

Pero no tenía más tiempo que perder. Ya había amanecido y las calles albergaban el bullicio de los primeros transeúntes. Sin descansar y con el ajetreo de aquellas horas, estaba rendida. Apenas soportaba ya el peso de la niña. Paró un taxi y se dejó caer en el asiento, con un fuerte dolor de espalda. Se percató de que su móvil andaba mal de batería. «Espero que, al menos, me dé para hablar con María José», se dijo. Su amiga no la defraudó. Se había extrañado de la llamada tan temprana, pero, encantada de poderla ayudar, le indicó que no se preocupara y que en media hora tendría a la canguro en casa. Respiró aliviada y se lo agradeció.

No se enteró del trayecto hasta su casa. Nada más llegar, arregló a la niña, le dio de desayunar y la sentó en el parque con sus muñecos preferidos. Mónica se resistía a jugar y, de pie, agarrada con fuerza a la red que la rodeaba, no perdía detalle de los movimientos de su madre.

Beatriz la observaba mientras hablaba por teléfono. Llamó a su jefe para contarle la gravedad de su padre. Fernando se mostró amable, pero parecía más serio que otras veces. Insistió en que no se preocupara.

A continuación marcó el número de don Manuel.

–¿Sí? –contestó una voz masculina que no acababa de identificar.

–¿Don Manuel?

–Espere un momento, ahora se pone.

–¡Perdona!, ¿no serás Felipe?

–Sí, soy yo. ¿Beatriz?

–Sí, no me esperaba encontrarte ahí a estas horas.

–Estoy trabajando en tu caso. Tenemos poco tiempo para prepararlo, ya sabes. Espera un momento, que llamo a mi tío.

Se sintió reconfortada. Había alguien en el mundo que se preocupaba por ella cuando el mundo, precisamente, se desmoronaba a sus pies. Al minuto, se puso don Manuel.

–Buenos días, hija. ¿A qué hora tienes el psicólogo?

–Dentro de hora y media, pero le diré que hoy no es precisamente mi gran día.

–¿Por qué dices eso?

–Vengo del hospital. Esta madrugada le ha dado una hemiplejía a mi padre y estoy muy preocupada. No sé si podrá superarla.

–¡Cuánto lo siento! Me imagino lo que tienes que estar pasando, pero en tus manos, no lo olvides, tienes tu futuro.

Esta entrevista con el psicólogo es clave para tu defensa. ¡No lo eches todo a perder!

–Don Manuel, no soy actriz, y hoy no puedo fingir y actuar como si no me pasara nada. En pocos meses se ha destruido mi matrimonio, estoy a punto de perder a mi hija y, quién sabe si no perderé a mi padre. ¿Cree que alguien, en estas circunstancias, podría comportarse como si nada?

–¡No te compadezcas! El ser humano tiene una capacidad de aguante casi ilimitada. ¡Tú puedes con eso y más!

Se echó a llorar. Sentía que la vida tiraba tanto de ella, que, al límite de su resistencia, estaba a punto de romperse.

–Don Manuel, tiro la toalla. No soy capaz de seguir con mi defensa.

–No estás sola. Aquí nos tienes a Felipe y a mí trabajando en tu caso a cambio de nada. Lo estamos haciendo por ti. Ahora no puedes abandonar. ¿Qué quieres?, ¿un abogado de oficio?, o mejor, ¿contratar a un abogado que te machaque económicamente, cuando no tienes ni una peseta? No seas niña. En la vida hay que pelear, luchar..., caerse y levantarse. Así es la vida... El camino de rosas está muy bien para las películas.

Se enjugó las lágrimas, tragó saliva y le dio las gracias a su profesor.

–Nunca olvidaré lo que está haciendo por mí. Le prometo que lucharé. Le llamaré cuando salga del psicólogo, como hice ayer.

–¿Te encuentras mejor ahora?

–Sí, necesitaba llorar, desahogarme... ¡Estoy mucho mejor! Gracias.

Mónica seguía en pie mirando. Cuando vio que su madre colgaba el teléfono, reclamó su atención alargando sus bracitos y repitiendo sin cesar:

–Mamá, mamá, mamá.

Ésta la alzó en brazos. La niña se acurrucaba y apoyaba la cabecita en su hombro. Era suficiente para persuadirla de que tenía que seguir luchando. En aquel momento, llamaron a la puerta.

Era una chica muy jovencita.

–Soy vecina de María José. Me manda ella. Dice que necesitas que te cuiden a la niña todo el día. ¿Es así?

–Sí, muchas gracias por venir tan rápido.

–Para mí mejor, así no voy a la facultad y me saco un dinerillo.

Le explicó las costumbres de la niña: las horas de las comidas, la siesta, el rato de paseo por el jardín que había en el bloque de viviendas... Por si había algún contratiempo, le dejó su móvil.

Le quedaba tiempo para darse una buena ducha que la repusiera un poco.

Terminó de arreglarse mientras observaba cómo se acostumbraba la niña a la canguro. Vio que encajaban perfectamente y se fue de casa más tranquila. Camino de la consulta del psicólogo, no podía evitar pensar en su padre. Se preguntaba cómo sería su vida si lograba salir del hospital. Había visto otros casos de personas con hemiplejía. Algunas sufrían horrores, además de por la falta de movilidad, por la pérdida del habla. Tampoco podría escribir porque tenía el lado derecho paralizado. Pero lo importante era que sobreviviera. «Ahora no me puede estar pasando esto. Justo ahora, cuando más necesito su apoyo», se lamentaba.

Por fin, llegó a la consulta de Agustín Ekaizer; su prestigio y su profesionalidad le llevaban con frecuencia a aparecer en los medios de comunicación. Hace tiempo, Beatriz había leído un libro suyo titulado *Cómo educar a tus hijos*. Era un hombre francamente interesante. Tenía todo el pelo cano y una barba, también blanca, muy cuidada. De complexión fuerte, y no muy alto, imponía por su carácter distante. Ekaizer no pasaba consulta por la mañana, pero había hecho una excepción ante la insistencia de Beatriz.

La sala de espera exhibía una decoración muy vanguardista, con varios cuadros y esculturas. No se veían diplomas por la pared, cosa que a Beatriz le agradaba. «Las personas no tienen por qué mostrar sus conocimientos enmarcándolos», le había dicho su padre más de una vez. Todo le traía recuerdos de su padre, no podía evitarlo.

Manuel Biosca era un hombre muy culto y poco ostentoso. Solía decir que su patrimonio eran los libros. Jamás se le habían dado bien los negocios. Sólo tenía su casa, su familia y sus tres mil libros, acumulados a lo largo de su vida. No eran volúmenes dispuestos en la librería para adornar. Todos ellos habían sido leídos y releídos.

–El doctor la espera –dijo la enfermera desde la puerta del despacho, arrancándola de sus recuerdos.

Se puso en pie con decisión. Esta vez las piernas no le temblaron. Pensaba en su padre y en su lucha contra la muerte. Esta entrevista le parecía una nimiedad frente a la encrucijada donde se hallaba el hombre al que más quería en el mundo.

Capítulo 12

Estaba de pie para recibir a Beatriz. Con la mano, la invitó a que tomara asiento. Pasaron unos segundos sin que ninguno de los dos hablara.

–Usted dirá –le espetó con frialdad el psicólogo.

–Bueno –inició su respuesta Beatriz–, tengo que agradecerle que haya hecho un hueco en su apretada agenda para atenderme.

–No tiene importancia. ¡A ver, cuénteme qué le pasa!

Le soltó como una letanía el mismo discurso que al psiquiatra: que iba a cambiar de empleo y le habían sugerido la conveniencia de acompañar su currículum con un informe psicológico que testificara su equilibrio emocional. Mientras hablaba, Ekaizer frunció el ceño, incomodándola. Trató de autoconvencerse de que sería una sugestión suya y siguió con su discurso, hasta que el psicólogo la interrumpió, poniéndose de pie.

–Señorita, no me gusta que me hagan perder el tiempo.

Beatriz también se incorporó. Se había quedado helada. No entendía qué estaba pasando. El tono de voz de Ekaizer se elevó.

–Si hay algo que detesto es que me mientan, y usted lo está haciendo. De modo que, o me dice el verdadero motivo de su visita, o es mejor que se vaya. No le costará nada si lo hace.

La situación era tensa. La estaba echando de la consulta con cajas destempladas. No comprendía qué había dicho para que le molestara tanto. Lo que estaba claro es que sabía que mentía. Sólo tenía dos caminos y Beatriz optó por la verdad.

–Es cierto –confesó–, le he mentido sobre el motivo. Pero le juro que necesito que usted me analice y certifique que mi cabeza está bien. Por favor, le pido que lo haga... Si no, perderé a mi hija.

Beatriz bajó la cabeza. No podía seguir mirándole a los ojos. Era la primera vez en su vida que la llamaban mentirosa. Hizo ademán de coger su bolso para irse, cuando escuchó que, con un tono de voz más suave, la invitaba a quedarse.

–Espere. Comencemos de nuevo. Son muchos años de ejercicio y muchas canas, ya lo ve. Sé cuándo un paciente me miente. Es imposible sacar algo positivo si no se va con la verdad por delante, ¡no lo olvide!

–Siempre lo he hecho así. Esta vez he recurrido a contarle una «película» porque pensé que era mejor para el informe que necesito que usted me haga.

Tomaron los dos asiento. Beatriz no sabía por dónde empezar. Don Manuel y ella habían preparado una estratagema que les había fallado. Ahora, decir toda la verdad tampoco sabía a dónde la iba a conducir.

–Mire, dentro de catorce días tengo el juicio en el que mi

marido y yo perseguimos la custodia de nuestra hija. Él me ha estado engañando durante meses, si no años, con su secretaria, me ha levantado todo nuestro patrimonio y, ahora, solicita la guarda y custodia de la niña. Va a apoyar su petición alegando que padezco algún tipo de desequilibrio mental –lo soltó de una tacada, para que el miedo a confesarlo no la detuviera–. Señor Ekaizer –se justificó–, pensé que si le decía el verdadero motivo, le condicionaría negativamente contra mí. Yo adoro a mi hija, daría la vida por ella, y si la pierdo, entonces sí me volveré loca.

Hizo la confesión de un tirón, como el que necesita escupir todo lo que lleva dentro. Después se encontró más aliviada. ¡Ya estaba cansada de tanta farsa!

–Ha hecho bien en sincerarse. Resultaba tan evidente que estaba fingiendo que no podría haber hecho mi trabajo como es debido. Además, ningún profesional serio permite que los motivos del paciente determinen su diagnóstico. Estoy muy acostumbrado a este tipo de situaciones, y he acudido a varias vistas reclamado por alguna de las partes. No se apure, todo saldrá bien –la tranquilizó.

Como se había ganado su confianza, no dudó en contarle la noche que había pasado y lo inquieta que estaba por la evolución de la dolencia de su padre.

Agustín Ekaizer le dio ánimos para continuar. Tenían que iniciar cuanto antes el examen, que había de ser exhaustivo. Las primeras preguntas tenían relación con Arturo.

–¿Usted le quiere todavía?

–No lo sé, y me veo incapaz de saberlo. Cuando pienso en él, siento rabia, le considero un cabrón que me ha robado la vida, que me ha estafado, engañado. Creo que jamás he sentido verdadero amor por él. Antes de nacer mi hija, me hice el firme propósito de quererle y creo que lo conseguí. Al fin y al cabo, querer es fácil, ¡incluso se puede querer a un perro! Pero amar de veras es otra cosa. Dejémoslo así: le he querido mucho.

–¿Le ha molestado más el engaño o saber que había una mujer en la vida de su marido?

–El engaño, sin duda, porque creía en él, con una fe ciega, hasta el punto de que tenía más certeza en sus sentimientos que en los míos. Pensaba que sentía hacia mí un amor que yo no era capaz de corresponder. ¡Eso era!, me daba seguridad. ¡Cuántas veces me dije: «Nadie me puede querer como él»! Por eso aguanté durante tanto tiempo su cansancio, sus noches de insomnio, sus viajes... No entraba en mi cabeza que me traicionara. Podía dudar de mí, pero de él, nunca. Fíjese, cuando nos conocimos, nada más verme en la Academia, tuvo claro que yo era la mujer de su vida. Yo nunca tuve claro nada. Fue esa seguridad la que pudo conmigo, la que me acorraló.

–¿Por qué me dijo antes que le quería pero que no le amaba?

–Señor Ekaizer –replicó Beatriz–, no estoy segura de que estas preguntas le valgan a usted para saber si estoy bien o no de la cabeza. Sinceramente, no quiero hurgar en mi corazón. Mi herida está abierta y todavía sangra mucho, no quiero escucharme a mí misma. Me siento incómoda, porque si usted me pide la verdad, tengo que hablar contra mi voluntad de asuntos muy dolorosos. No puedo. ¡Discúlpeme!

Ekaizer alzó las palmas de sus manos excusándose.

–Está bien; aunque ahora no quiera, echarlo fuera le libera de fantasmas y monstruos interiores. Para saber qué ocurre en la cabeza, los profesionales tenemos que saber qué es lo que la ocupa. No tengo ningún interés en conocer los detalles que usted no me quiera dar, pero necesito oírla, ver cómo se expresa y analizar cuanto me dice. Mi interés va más allá de los hechos.

Suspiró resignada. No tenía escapatoria.

–Está bien. ¿Quiere saber qué ocupa mi cabeza? Se lo voy a decir. Además de la angustia por ver cómo sale mi padre de ésta, mi cabeza está ocupada por mi hija. Sólo pienso en ella. En estos momentos mi marido y la fulana ésa me importan un bledo. ¡Si los dos desaparecieran de mi vida, todo sería más fácil!

–¡Vuelve usted a mentir! –la interpeló.

–¡Usted está obsesionado con la mentira! –contestó airada–. Quizá sea eso: usted debería analizarse esa obsesión.

Ekaizer sonrió:

–¡Es usted una mujer de carácter! Lo que he querido decir, y quizá no me he sabido expresar, es que a usted le preocupan su marido y su fulana, como usted la llama, más de lo que piensa. Está muy dolida.

–¿Cómo se sentiría usted en mi caso? –le espetó Beatriz–. Yo le puse esa chica en su despacho. ¡Yo! Me parecía un alma cándida, fíjese, y ha sido capaz de robarme el marido, mientras me engañaba ganándose mi confianza. ¡Eso sí me ha dolido! Si se hubiera enamorado de una desconocida, hubiera sido distinto.

–Sí, pero no, no se equivoque. Hubiera sido distinto,

pero igual de doloroso. Porque, en definitiva, ella no es más culpable que él. Ella no es la largarta y él un hombre que se deja seducir. En estos asuntos de tres, todos tienen parte de culpa.

–¿Yo qué culpa tengo? ¡A mí no me meta en este asunto!

–Bueno, no podemos detenernos aquí, pero no lo olvide. En ese aspecto, necesita ayuda.

Ekaizer desvió el cuestionario por otros vericuetos: sus aficiones, su trabajo, sus amistades...

–Señor Ekaizer, vivo rodeada de matrimonios correctamente casados que no se aguantan. De maridos que mantienen una doble vida y de mujeres que jamás han sentido una mínima emoción física en su relación de pareja. Vivimos con quien no amamos y suspiramos por quien no está a nuestro lado. ¡Esto es de locos!

–No siempre es así, Beatriz. Le puedo asegurar que el amor si se busca, se encuentra. Pero hay que saber buscarlo y estar atentos, pues, a veces, el amor irrumpe en la vida cuando uno menos lo espera. ¿Quién le dice a usted que no puede volver a enamorarse?

Beatriz voló con su imaginación al cementerio de Torrelodones. Allí descansaba para siempre Javier, el hombre que la hizo sentirse viva y al que había renunciado por Arturo. ¡Era la venganza del destino!

Tras estas cuestiones más generales, llegaron unas preguntas tipo test. Ekaizer le explicó que era el test Wais, para evaluar su inteligencia emocional. Luego le aplicó el clásico de Rorschach, el de las diez famosas láminas con manchas de tinta. A continuación, le pidió que dibujara una casa, un árbol y una persona.

Cuando Beatriz había perdido la noción del tiempo volvió a las preguntas.

–Beatriz, ¿por qué dice que la vida sin su hija no tiene sentido?

Pensó la respuesta durante unos segundos. Exhausta, ya no daba más de sí. Temía que el cansancio le hiciera bajar la guardia y responder sin reflexión. Quizá es lo que pretendía para que sus respuestas fueran espontáneas. No le dio más vueltas:

–Porque es de lo único que me siento orgullosa. La veo como la prolongación de mi vida. La he cuidado y mimado, he velado sus sueños y compartido sus insomnios; la he visto crecer y pronunciar sus primeras palabras. En suma, le he dado todo mi cariño, me he volcado en ella para que sea una mujer madura y feliz. Libre. Quiero que sea como yo no he sabido ser. Que actúe con coherencia, por principios y que no le importe lo que piensen los demás. Mi hija es... mi vida. No sé cómo expresárselo mejor.

–No hace falta que me diga nada más. La entiendo. ¿Qué relación tiene su hija con su padre?

–Bueno, la ve muy poco y se ve obligado a compensarla con regalos. Como es obvio, no deseo que deje de verla, pero quiero que la niña viva conmigo. Ha estado pegada a mí desde que nació. Su padre no mostraba mucho interés, y justo ahora que nos separamos, reclama su custodia. ¿Para qué?, si no sabe dormirla, ni darle de comer, nada. ¿Quién la iba a criar? ¿La otra? ¡Para eso tiene a su madre!

Aquella entrevista parecía no tener fin. Un aviso de la enfermera precipitó el final.

–Beatriz, hemos terminado. No obstante, le diré que me

preocupa. Tiene su autoestima muy baja y debería reforzarla. Debe encontrar el placer de vivir y no reducirlo todo en función de su hija. Atraviesa un momento anímico muy delicado. Confío, por su bien, en que todo salga como espera. Si decide atenderse un poco más a sí misma y levantar ese ánimo, aquí me tiene. En seguida le dará la enfermera el informe.

–Con lo que me acaba de decir, me deja preocupada por el resultado. ¿Podrá perjudicarme en el juicio?

–Usted verá. Yo he hecho mi trabajo y no tengo más remedio que reflejar lo que he visto. No debe preocuparse por lo que se refiere al diagnóstico sobre su capacidad y aptitud para cuidar de su hija. Otra cosa es que le sugiera la conveniencia de ponerse bajo terapia para recuperar su autoestima, pero esa es otra decisión.

Cuando Beatriz salió del despacho de Agustín Ekaizer, estaba agotada, más que cuando salió de la consulta del psiquiatra. Tenía la sensación de haberse vaciado por dentro. Ciertamente, desconfiaba del informe de Ekaizer.

Desde la sala de espera, que continuaba vacía –no era hora de pasar consulta–, llamó a su hermana. No podía apartar de su cabeza la imagen de esos ojos inexpresivos de su padre.

–Dime, Beatriz –contestó su hermana.

–Acabo de terminar la entrevista. No os he podido llamar antes. ¿Cómo está papá?

–Sin novedad. Sigue todo igual, por eso no te hemos llamado. El médico nos ha explicado que la hemiplejía se la ha producido un trombo en el hemisferio cerebral izquierdo. En estos casos es clave la evolución en las primeras cuarenta y ocho horas. Le han trasladado a la UCI de Neurología. Si vas a venir ahora, sube por la puerta principal a la cuarta planta. Beatriz, voy a colgar porque viene una enfermera, y en esta zona no se puede hablar por el móvil.

Se quedó muy pensativa. Empezó a pasear mentalmente por las paredes de la sala. Estaba nerviosa, necesitaba irse cuanto antes de allí. Pensaba que probablemente no podría utilizar el informe en su defensa. Cansada de estar sentada se puso de pie y miró una de las enormes fotos de paisajes que estaba enmarcada, colgada en la pared.

Le atrajo de ella el color amarrillo. Era un bosque pintado en ocres. Las hojas de los árboles abandonaban el verde para abrazarse a toda la gama del colorido otoñal. En primer plano estaban las aguas rabiosas de un río que bajaba con una enorme fuerza. Eran aguas libres, furiosas en contraste con la paz de una naturaleza exuberante.

–¿Bonito, verdad? –preguntó la enfermera, interrumpiendo su fantasioso viaje.

Beatriz no se había percatado de su llegada. Sonriente, le extendía la mano con el sobre del informe.

–Sí, mucho –contestó–. ¿No sabrá usted si ese lugar existe en realidad?

–Sí, por supuesto. Es el valle de Benasque, el río Essera, en la comarca del Somontano. Ekaizer nació allí, en el Pirineo aragonés.

–La comarca del Somontano. ¡Cuánta belleza! Desde luego, si algún día quiero perderme, iré allí –aseveró.

Le agradeció a la enfermera la información. Abonó el importe y salió, deseando leer el informe cuanto antes.

En el mismo descansillo, mientras esperaba el ascensor,

abrió el sobre. Se fue directamente a las conclusiones. «Curso de pensamiento normal. Coeficiente medio-alto. Persona afectiva. En el estudio refleja buena relación con los demás. En el momento actual su autoestima se encuentra afectada de forma negativa. Demuestra igualmente una estrecha relación con su hija con la que establece buenos vínculos afectivos.» Entró en el ascensor mientras buscaba algo más. Casi al final pudo leer: «No se observa que no pueda asumir cualquier responsabilidad como madre».

¡No se lo podía creer! Después de tanta tensión y de una entrevista tan larga con el hombre más frío que había conocido, el informe le era favorable. Ekaizer había tomado partido. Se había «mojado» abiertamente a su favor, a pesar de que no la conocía de nada, de que había estado a punto de echarla del despacho, y de que la había llamado mentirosa. Tenía que agradecérselo. En medio del portal, se dio la vuelta y subió de nuevo a la consulta. La enfermera se extrañó al verla de nuevo.

–Por favor, ¿puedo ver un segundo al señor Ekaizer? Necesito darle las gracias.

–Es que no le gusta que le interrumpan.

Se oyó su voz que, desde el despacho, indicó:

–¡Déjela pasar!

Cuando estuvieron frente a frente, Beatriz se dirigió a él emocionada.

–Nunca olvidaré lo que usted ha hecho por mí.

–Sólo he dicho la verdad –replicó Ekaizer–. Le deseo mucha suerte.

–Gracias, de verdad.

–Si me necesita para declarar en el juicio, cuente conmigo. No me gusta hacerlo, pero, como ya le dije, alguna vez me lo han pedido. Veo que es lo justo, y lo haré si quiere.

–De veras, no sé cómo agradecérselo. ¡Ojalá todo salga bien! Ya le llamaré.

Necesitaba comunicar la buena nueva a don Manuel. Aquello respaldaba su defensa.

El catedrático, por su parte, estaba con Felipe esperando noticias, por lo que descolgó en seguida.

–¡Don Manuel! –dijo exaltada–. Soy Beatriz.

–Ya te he conocido. Estaba ya intrigado. ¡Dime!, ¿cómo ha ido?

–Todo empezó fatal. Estuvo a punto de echarme de su despacho al descubrir, y no me pregunte cómo, que lo engañaba. Pero ha hecho un informe fabuloso, en el que afirma explícitamente que no observa ninguna deficiencia para que me haga cargo de la guarda y custodia de la niña.

–Pero ¿le contaste que necesitabas el informe para tu separación?

–No tuve más remedio. Es un hombre muy preparado. A los pocos minutos de que empezara a hablar se percató de que me habían llevado allí otros motivos diferentes a los que yo argumentaba.

–Bueno, lo importante es que tenemos dos documentos de dos eminencias que contradicen los argumentos que pueda presentar tu marido. ¡Enhorabuena, Beatriz!

Aunque estaba satisfecha, no podía estar alegre. La fragilidad de la salud de su padre se lo impedía. Se había convencido de que en las malas rachas, las penas se concatenan y se dan la mano. Como las fichas del dominó, tras la primera cae el resto, en una sucesión perfecta. Primero descubrió la «muerte» de Arturo. A partir de ahí, su entorno comenzó a desmoronarse. Estaba sola con su hija en una casa en donde, de vez en cuando, aparecía el hombre que durante tantos años le había profesado amor eterno y ahora era su principal enemigo. No sólo la había robado y traicionado, sino que ahora iba a hacer todo lo posible para quitarle a su pequeña, tratando de demostrar que estaba loca.

Por si esto fuera poco, cuando miraba a su entorno, encontraba el vacío de sus amistades. Habían dejado de llamarla, porque para ellos había perdido su identidad. Socialmente no tenía hueco. Se acabaron las cenas y comidas con los matrimonios conocidos. Para colmo de males, le constaba que le llamaban a él. Arturo seguía viéndose con ellos. Había conseguido justificarse ante ellos por haber cambiado a su mujer por una jovencita. Hasta las que pensaba eran amigas más cercanas asumieron con total normalidad que, en las reuniones, Arturo se presentara con Áurea. Beatriz sintió una rabia difícil de explicar. Su primera reacción fue llamarles y decirles que eran una auténtica basura. Pero después, prefirió darlos también por «muertos». Desde que descubrió la verdad no había hecho otra cosa que cerrar puertas: «Los recuerdos es mejor cerrarlos bajo llave», le dijo una vez un cliente del banco. Aun así, Beatriz lo pasó realmente mal hasta que se habituó también a la ausencia de los que creyó amigos.

En el trabajo también cambiaron las cosas. Su presencia era incómoda en determinados departamentos. Se acostumbró a que se hiciera el silencio cuando ella llegaba. Aquí siguió cerrando puertas. Todo el que hablaba con Arturo, se convertía para ella en un ser invisible. Todo se transformó en un simple: «O con él, o conmigo». Era una guerra y no se puede estar en los dos frentes. No caben las componendas. No hay sitio para los que están con el enemigo. ¡Eso, Arturo era el enemigo!

Y como última ficha de dominó, la hemiplejía de su padre. Era una pendiente más en el camino, cada vez más cuesta arriba. Se preguntaba si la vida todavía le deparaba alguna sorpresa más, porque dudaba de que pudiera sobrevivir a la propia vida. Se veía en el límite de lo humanamente soportable.

Pero ¿adónde iba? Al salir de la consulta, enfrascada en esas consideraciones, se había puesto a caminar sin rumbo. Tenía que llamar a casa para ver cómo seguía su hija. La canguro confirmó que en casa todo estaba en orden. Tomó un taxi camino del hospital. ¡Qué pocas ganas tenía de entrar! Los hospitales la incomodaban.

Al bajar del vehículo, se quedó contemplando la mole gris del edificio. La avenida bullía frente a él, ajena al dolor y al sufrimiento de pacientes y familiares. Un abismo separaba ambos mundos y Beatriz no se atrevía a cruzarlo. Sólo el recuerdo de su padre la animó a subir la escalera. Cada escalón, hasta que llegó a la puerta principal, le pareció una eternidad.

Capítulo 13

Al otro lado del enorme cristal, apenas pudo distinguir a su padre entre la maraña de cables y gomas que lo rodeaban. Observó las manos que tanto la habían acariciado de niña. Eran pequeñas y cálidas, pero fuertes. ¡Cómo deseaba cogerlas y aproximarlas a su cara! ¡Estaba tan cerca! A muy pocos metros, pero a demasiada distancia para sentirle a su lado.

Los médicos esperaban a que pasaran cuarenta y ocho horas para conocer el alcance de la lesión en el cerebro. Ella sabía que su padre ya nunca volvería a ser el mismo.

Beatriz veía angustiada cómo se acercaba el juicio. Daba una y mil vueltas en su cabeza a todos y cada uno de los puntos esgrimidos por la defensa de su marido para quitarle la custodia de Mónica. Cada vez que repasaba el escrito presentado ante el juez se alteraba. Aducían como prueba de su perturbación mental que sufría «constantes ataques de nervios, habiendo sido presenciado alguno de ellos por los vecinos más allegados».

Se preguntaba qué vecino se habría vendido a Arturo.

«¿Los González –se decía a sí misma–, que le habían retirado el saludo desde hacía tiempo? ¿O será Mabel, la vecina que presenció otro de mis ataques nerviosos, provocado por las impertinencias de mi "amante esposo"?» Tenía la sensación de haber sido víctima de un plan perfecto, diseñado con el fin de demostrar su incapacidad emocional para ocuparse de la custodia de la niña.

–¡Esto es la guerra! –le decía don Manuel–, y no solamente hay que defenderse, hay que lanzar un buen ataque. Tenemos la ventaja de que tu marido no sabe por dónde vas a contraatacar.

–¿Sería una buena táctica –inquirió misteriosa Beatriz– si yo consigo probar que Arturo me era infiel desde hacía mucho tiempo y que, incluso ahora, convive con su secretaria?

–No estaría mal...

–Parece que no le entusiasma mi idea –le replicó Beatriz.

–No es eso. Te acabo de decir que la ofensiva es importante. Pero, en primer lugar, tenemos que demostrar que todas sus imputaciones son falsas. Me preocupa qué testigos van a llevar. Debes recordar algún episodio donde hayas perdido los nervios y delante de quién. Si no lo haces, partiremos con desventaja.

Beatriz se puso a repasar mentalmente las últimas escenas vividas con su todavía marido. ¡Cuántas veces había caído en la trampa!

El recuerdo que más le inquietaba era el de la oficina, aquel día en el que apareció Ramón para comunicarle que Arturo iba a por todas. En aquella ocasión, pudieron ver todos sus compañeros de trabajo cómo ella perdía los papeles al echar al abogado del despacho a voces. Incluso, acudieron empleados de otros departamentos próximos, alarmados por los gritos. Eran muchos testigos potenciales.

Recordaba igualmente cuando Arturo, en casa y delante de la niña, le comunicó que le iba a retirar la custodia. Entonces, los gritos llamaron la atención de los vecinos; incluso su vecina de puerta, Mabel, acudió en su ayuda y le dio un tranquilizante.

Pero no podía imaginarse que la amiga y vecina con la que había compartido tantas alegrías y sinsabores, a lo largo de sus años de casada, se presentase en el juicio para testificar en su contra.

Aquella misma noche quiso salir de dudas y, aunque era tarde, llamó a su puerta.

–Perdona que llame a estas horas, Mabel. ¿Puedes pasar cinco minutos a casa?

–Mira qué pintas tengo –iba en pijama y con una crema grasienta extendida por la cara.

–Estoy sola, y ya te he visto así muchas veces. Por favor, es importante.

Ante la insistencia, la vecina cogió las llaves de su casa y cruzó a la de Beatriz.

–Bueno, dime, ¿qué ocurre?

–Necesito que me digas la verdad –la miró fijamente a los ojos–. ¿Arturo te ha pedido que declares en mi contra?

–Mira, me voy. No me metáis en vuestros líos.

Según decía esto hizo ademán de abrir la puerta. Beatriz se interpuso en su camino.

–Tú no me puedes fallar. Mabel, si a ti te hubiera ocurrido lo que a mí, yo siempre habría estado a tu lado. Sería incapaz de perjudicarte.

Mabel bajó la mirada y, después de un silencio, confesó.

–Sí, ha hablado conmigo para que testificara contra ti en el juicio. Pero le he dicho lo mismo que te estoy diciendo a ti. No quiero saber nada.

Beatriz, después de estas palabras, se quedó sin habla. «Lo sabía –se decía-, lo sabía.»

–Mira, he optado por quedarme al margen de vuestra separación.

–¡Eso no es justo! –le replicó Beatriz–. Tú sabes que no le pasa nada a mi cabeza. Aquel ataque de nervios que presenciaste fue provocado por mi marido. Él sabía perfectamente lo que hacía. Buscaba un testigo de mi ficticia locura. Ahora yo te necesito para todo lo contrario. Te pido que vengas al juicio, simplemente para que digas cómo me comporto y que mi cabeza rige bien.

–No, no me puedes pedir eso. No quiero enemistarme con Arturo. Tienes que entenderlo, soy amiga de los dos.

–Yo no te digo que testifiques en su contra. Sólo quiero que digas la verdad con respecto a sus mentiras. Ha lanzado sobre mí una infamia que me puede costar perder a mi hija. ¿No ves la diferencia?

–Sí, pero el hecho de que vaya a juicio como testigo tuyo significa que tomo partido.

–Y callando la boca también.

–Beatriz, por favor, no me pidas eso. No me lo pidas.

–¿Es tu última palabra?

–¡Sí!

Ya no había más que hablar. Profundamente decepcionada, Beatriz acompañó a Mabel a la salida. Cerró la puerta en cuanto ésta cruzó el umbral, sin darle tiempo a despedirse.

Al día siguiente, en el trabajo, las cosas no fueron mejor. Comenzó a preguntar uno a uno a todos sus compañeros si su marido les había pedido ir al juicio. La mayoría dijeron no saber nada y alguno dejó caer el mismo argumento que su vecina:

–Vuestro proceso de separación es muy doloroso también para nosotros.

Ante la negativa de todos a ser testigos en su defensa, Beatriz se limitó a decir en voz alta:

–Espero que ninguno de los que estáis aquí me hagáis la putada de declarar en mi contra. Sabéis lo que mi hija representa para mí, por favor, no colaboréis en la farsa que está montando Arturo.

Aquella mañana el jefe la llamó a su despacho. Le dijo que, dado el duro trance por el que estaba pasando, entendía que su rendimiento hubiera bajado, pero que se abstuviera de utilizar el departamento para dar mítines sobre lo que tenían o no tenían que hacer sus compañeros.

–No mezcles el trabajo con tu vida privada. Esa práctica puede ser muy perjudicial para ti.

No le hicieron falta más palabras para entender el mensaje que le enviaba Fernando. Por primera vez, éste se mostraba incómodo con todo aquel proceso. Ella se sintió aún más incómoda por su falta de comprensión. A ella se fue sumando la de todos los de su entorno. Todo el mundo la evitaba, se quitaba de en medio. Era como una apestada. A su paso, nadie se paraba. Por eso Beatriz supo que sus días allí estaban contados. «Debo irme de aquí cuanto antes», se decía.

Según transcurría el tiempo aumentaban las decepciones. Una tarde se acercó de nuevo a la calle López de Hoyos, y después de conseguir que le abrieran el portal, comprobó con asombro que allí ya no estaba la tarjeta de «los señores Solán». Tras un segundo de desconcierto, resolvió llegar al fondo de la cuestión. Llamó a la puerta de la vivienda contigua a la ocupada hasta hacía poco tiempo por aquel fingido matrimonio. La puerta apenas se abrió, sujeta por la cadena del cerrojo de seguridad. Una mujer, a la que ni siquiera veía, le preguntó:

–¿Qué desea?

–Perdone, ¿los señores de Solán ya no viven aquí?

–No, se fueron hace mes y medio.

–¿Tienes usted las nuevas señas o algún teléfono?

–No tengo nada. La verdad es que se fueron de un día para otro sin dar cuentas a nadie. Era una pareja muy reservada.

Beatriz se dio media vuelta para bajar la escalera, cuando tuvo una idea que podía darle resultado. Otra vez, volvió a llamar a casa de la vecina de Arturo.

–Señora, perdone que la vuelva a molestar. ¿Usted sabe cuánto tiempo llevaba Arturo Solán viviendo aquí?

–Pues... no sabría decirle...

La vecina abrió la puerta del todo. Era una mujer gruesa, de mediana edad y con algunas canas que destacaban en su pelo rubio. Se mostraba aún algo desconfiada y temerosa.

–Se lo preguntaba por curiosidad. Siento haberla molestado por nada.

–No sé el tiempo exacto, pero fácil dos años. Yo creo que

han sido los inquilinos que más han durado –se apresuró a contestar cuando vio que Beatriz iba a marcharse.

Coincidía con sus cálculos. «Así que dos años», pensó. Pocos meses más que la edad de Mónica. Eso implicaba que Arturo y Áurea comenzaron su relación durante su embarazo. Se mordió los labios, por no soltar delante de aquella señora un exabrupto.

–¿Hay alguien en el inmueble que pudiera decirme el tiempo exacto?

–Sí, el dueño del piso, que vive justamente arriba, en la misma letra que los señores de Solán –contestó amablemente.

Beatriz ya no pudo más y explotó, como solía sucederle siempre que la gota rebosaba el vaso de su paciencia.

–Mire, el señor Solán sí. Pero la única señora Solán, de momento, soy yo. La señorita que le acompañaba era su puta, ¿comprende?

–¿Es usted su mujer? –exclamó sorprendida la vecina. Ya no hicieron falta más palabras. Después de un silencio, la mujer cerró lentamente la puerta.

Se arrepentía Beatriz de estas salidas de tono que últimamente tenía con tanta frecuencia. Subió al piso superior y llamó con insistencia al timbre del casero.

–¿Quién es? –preguntaron desde dentro.

–Quiero que me dé algún dato del señor Solán, su inquilino.

Un hombre canoso y con aspecto de bonachón, abrió la puerta dispuesto a satisfacer su curiosidad.

–¿Es usted algún pariente?

–¡Sí!, me gustaría que me dijera cuánto tiempo ha estado Arturo alquilando su casa.

–Pues si es pariente, no entiendo por qué no se lo pregunta a él. Sabrá dónde vive ahora.

–No, quiero que me lo diga usted. ¿O prefiere decirlo ante un juez? Soy su mujer. Estamos en pleno proceso de separación y necesito ese dato.

–¿Su mujer? Entonces, ¿su señora...? –preguntó con gran extrañeza.

–No es su señora. Pero ésa es otra historia. Necesito el dato por escrito y firmado por usted, si no le importa. De no ser así, le insisto, pediré que le cite el juez para que comparezca delante de los dos.

–Por favor, no me haga pasar ese mal trago –le suplicó el hombre con temor.

–No es nada negativo para usted. Sólo le pido la verdad. Necesito ese dato confirmado por un testigo. Y ninguno mejor que usted mismo. Lo apunta en un papel, lo firma y se olvida de nosotros.

–No sé, no sé. Creo que debería pensarlo más. Además, Arturo siempre ha cumplido. Me ha pagado religiosamente.

–Arturo no va a volver aquí jamás. Se lo aseguro. Mire, usted no va a decir nada que no sea verdad. Le insisto, soy abogada, y si no me quiere contestar por las buenas, lo tendrá que hacer por las malas...

El hombre entró en su casa y al poco rato salió con una libreta. Nunca había sido Beatriz tan agresiva. Quizá fuera el agobio del juicio, que pesaba sobre ella como una condena a muerte. En situaciones extremas no se andaba con rodeos.

–¿La escribo a mano? ¿Aquí mismo?

–Sí, es suficiente con que ponga: Yo, fulano de tal, dueño del piso de la calle López de Hoyos, certifico que Arturo

Solán alquiló mi piso durante... los años que hayan sido. Y, finalmente, lo firma. Eso es todo. ¡Ah!, si me hace el favor, añada su nombre y D.N.I.

Tuvo que repetirlo varias veces, pero, al final, la declaración quedó como ella quería.

–Por favor, no me meta en más líos, ¿de acuerdo? –volvió a suplicar el casero.

–No se preocupe. Ha hecho usted su buena acción del día –le tranquilizó.

Ya tenía en sus manos otra de las pruebas más valiosas para su defensa. Firmado y por escrito quedaba que Arturo había alquilado una casa dos meses antes de que ella diera a luz. Toda una evidencia, que corroboraba, además, de dónde procedían las causas de su inestabilidad: el corazón de su marido.

Estaba completamente segura de que con esta prueba no le quedaba réplica posible al abogado de Arturo. Con otra ventaja añadida, como le dijo don Manuel: ellos desconocían que obraba en su poder.

–Es un as importante que sacaremos en el juicio cuando convenga. Has trabajado muy bien, hija. Verás cómo el juez estará de nuestra parte –le aseveró el catedrático.

Los días anteriores a la cita judicial, la actividad era frenética. Apenas sí paraba por casa para ver a la niña un ratito y volver a la biblioteca del catedrático, convertida en bufete. En una de esas entradas y salidas, se encontró con Arturo. Se ignoraron, actuando como si el otro fuera invisible. Era el mayor de los desprecios que se podían hacer. A pesar de todo, no podía evitar sentir un nudo en el pecho al ver cómo Arturo apilaba en el suelo sus trajes y efectos personales. En un momento en que bajó al coche, Beatriz aprovechó para ver de cerca todo lo que se llevaba. Cogió una de las chaquetas y la abrazó. Tenía el aroma de Arturo. Aspiró su olor por última vez. La dejó en el montón y echó un vistazo a las fotos que se llevaba. Todas eran de Mónica. Se sorprendió a sí misma con ganas de llorar. «A lo mejor –pensó– la quería más de lo que imaginaba.» Vio su bata roja de terciopelo, la que utilizaba para estar por casa, y la escondió. Quería quedarse con algún recuerdo, con algo que le perteneciera. Le parecía mentira que después de todo lo que había pasado entre los dos, se comportara así. De esta forma, sería como si no se fuera del todo. Por un lado, respiraba hondo al ver que, por fin, se iba su enemigo y, por otro lado, sentía que con él se iba parte de su biografía. Estaba claro que comenzaba para ella una nueva vida llena de inseguridades.

Para no hacer más dura la situación, Beatriz se encerró con la niña en el que había sido el dormitorio conyugal y esperó hasta que cesaron los ruidos. Se preguntaba si, cuando cerró por última vez la puerta de casa, Arturo sintió, al igual que ella, un gran vacío.

Le volvieron a asaltar las dudas sobre las verdaderas razones de aquella situación. «A lo mejor –se recriminaba a sí misma–, yo he tenido la culpa de todo. Viví el embarazo llena de miedos. Luego volqué demasiado tiempo en la pequeña. Quizá, sin darme cuenta, le fui apartando de mi lado.» Pero al poco tiempo, le vencía la ira y se pasaba al extremo contrario: «¡Qué cerdo! ¿Cómo pudo estar conmigo y con otra a la vez?». No lograba encontrar el equilibrio mental y emocional que tanto necesitaba para afrontar el inminente juicio.

El día anterior a la vista, fue a casa de sus padres. Necesitaba ánimos para enfrentarse al primero y –esperaba– último juicio de su vida. Habían dejado el hospital dos días antes, y, aunque visiblemente muy mejorado, su padre era incapaz de articular palabra. Los médicos les habían advertido de que su situación era muy delicada. El cerebro había quedado dañado para siempre. «Para siempre –pensó Beatriz–, quizá las enfermedades graves sean lo único que es para siempre.» No podía evitar la sospecha de que, en cuestión de sentimientos, no había nada con un plazo tan definitivo.

Aquella misma mañana, y sin cita previa, se pasó por el despacho del psicólogo Ekaizer. Con él no valían las medias tintas, de modo que cuando la recibió, le dijo, sin ningún preámbulo:

–Mañana se celebra el juicio. Sabe que me juego mucho. No le molestaría si no creyera que su presencia me es absolutamente necesaria. Le pido, por favor, que me acompañe mañana.

–Beatriz, tienes el informe. No veo por qué he de ir.

–He repasado todos mis argumentos para desmontar la teoría de Arturo de que mi cabeza no anda bien, pero tengo miedo. Temo que mañana me guarde alguna sorpresa y usted es el único que puede desbaratar cualquier montaje.

–Está bien –accedió–. Tendré que anular varios asuntos. ¿Dónde tengo que estar?

Beatriz le dejó, por escrito, el lugar y la hora. Sería uno de sus testigos. El mejor o, al menos, el más imparcial. Por si acaso no encontraba a nadie que le apoyara, había pedido a su amiga María José que declarara a favor. Contaba también con la declaración de la señora que limpiaba en casa los martes y jueves, que hablaría de las constantes ausencias del domicilio de Arturo y de la escasa atención que prestaba a la niña. Había renunciado al testimonio de Mabel, su vecina, aunque no tachó su nombre de la lista de testigos.

Repasó una a una las alegaciones, así como las preguntas que iban a formular a la parte contraria. Aquella tarde, don Manuel, Felipe y ella se emplearon a fondo: repasaron el procedimiento, cómo tenía que actuar y cómo debía responder. Los dos abogados la acompañarían togados.

–Aunque estemos allí –le recordó don Manuel–, el peso de la defensa lo llevarás tú. Acuérdate de que eres tu propio abogado: no puede haber ni una salida de tono, ni un grito, ni un llanto. Nada. Si no te grabas esto en la cabeza estarás perdida.

–Tranquilo, voy mentalizada a oír mentiras y patrañas. Intentaré desdoblarme y pensar que, en realidad, no hablan de mí, sino de mi defendida –explicó muy convencida.

–No puedes meter la pata. Haz exactamente lo que yo te vaya diciendo en cada momento. Primero les dejaremos que hablen, después nosotros nos defenderemos y, el final, será un ataque. ¡Pura estrategia! Si nos dejamos llevar por el corazón, perderemos. Sólo podemos guiarnos por el sentido común. Además –añadió–, será muy rápido. Ya lo verás. Acabaremos en hora y media, más o menos.

Esa noche tardó mucho en conciliar el sueño. Estaba llegando al final de un larguísimo proceso que comenzó con el descubrimiento de «la muerte de Arturo». Recordó aquella noche de luna rota y decidió pasar el resto de las horas abrazada a su hija.

Capítulo 14

Mentalmente había repasado tantas veces la escena que el ambiente de los juzgados de la plaza de Castilla le resultó casi familiar. Había quedado con don Manuel y con Felipe a las nueve y media de la mañana. Llegó con el tiempo justo. El tráfico a aquellas horas era muy intenso. Estaba nerviosa y el corazón le palpitaba con fuerza. Intentaba respirar lentamente, tal como le enseñaron en las clases de yoga, pero de poco servía cuando el pulso andaba tan desbocado.

Vestía un traje de chaqueta azul marino que reservaba para ocasiones especiales. Sin duda, ésta era la más especial de cuantas había vivido nunca. En el portafolios llevaba anotada toda la defensa, aunque se sabía los puntos y las comas de memoria, sin necesidad de mirar el papel.

La entrada en los juzgados era un ir y venir de gente. Beatriz, aturdida, no sabía adónde dirigirse. Don Manuel, con una sonrisa comprensiva, indicó a Beatriz y a Felipe que siguieran de frente.

Al final del pasillo, cogieron el ascensor. Cuando paró en

el piso de los juzgados de familia, prácticamente salieron todos en avalancha. Múltiples corrillos esperaban, entorpeciendo el paso. Encima de algunas puertas, un cartel indicaba el número del juzgado. Si uno se asomaba a alguna de las estancias contiguas, se encontraba a varios funcionarios, prácticamente enterrados en papeles. Miles de expedientes, apilados unos sobre otros, parecían dormir el sueño de los justos. Los oficiales de los juzgados se movían con destreza entre aquellos montones.

Beatriz distinguió al fondo del pasillo, a lo lejos, a Arturo y a su letrado Ramón. La amistad de tantos años de facultad se había convertido en un odio visceral. No se saludaron y esperaron la llamada del juez, sentados en extremos opuestos.

El trámite que tuvo que seguir Beatriz para poder defenderse a sí misma había sido relativamente sencillo. El artículo 20 del Estatuto General de la Abogacía permite a todos los licenciados en Derecho defenderse por una causa concreta. En veinticuatro horas todo había quedado listo.

En la planta quinta del edificio se encontraban colgadas las togas que debían utilizar los abogados. ¡Había soñado tantas veces con el momento de vestirla! Una funcionaria le indicó cuál debía coger. Le temblaba el pulso. Dejó el portafolios en el suelo y, como si de un rito se tratara, se revistió lentamente, con ceremonia. Ejercía por vez primera de abogado, en el caso más importante de su vida. Se iba a defender frente a las mentiras de Arturo y estaba decidida a luchar por su futuro.

Cuando volvió al piso de los juzgados de familia sintió las miradas de Arturo y de Ramón como cuchillos.

–Me siento muy orgulloso de ti –dijo don Manuel al verla revestida con la toga.

–No me diga eso. Estoy a punto de emocionarme. ¡Hablemos del juicio!

Lo repasaron todo otra vez, punto por punto, mientras Felipe comprobaba si ya habían llegado los testigos. Por la descripción de Beatriz, reconoció a Agustín Ekaizer. Se presentó:

–¿Señor Ekaizer?

–Sí, soy yo.

–Me llamo Felipe y soy uno de los ayudantes de Beatriz. Le quiero pedir, señor Ekaizer, que no se deje ver por la parte contraria. Es usted nuestra baza sorpresa. Puede sentarse en la sala de espera del juzgado siguiente. Queremos pillarles desprevenidos.

–¿Cómo está Beatriz?

–Imagino que muy nerviosa, pero no se le nota.

–Déle un abrazo de mi parte y dígale que todo va a salir bien.

–Así lo haré. Por favor, no se mueva de aquí hasta que yo venga a buscarle.

Ekaizer asintió con la cabeza. Felipe regresó donde estaban Beatriz y don Manuel, y les comunicó que el testigo sorpresa ya había llegado. Luego apareció María José, su amiga. Mientras ellas hablaban, los dos aprovecharon para ponerse también la toga. Le contó que, al llegar, se había cruzado con Arturo y que había dudado si saludarle o no. Al final, había optado por un «¡Hola!» seco que no dio opción a que se parara con ella.

Al poco rato, llegó Magdalena, la señora que limpiaba en

casa, como vestida de domingo. Parecía que iba más a una boda que a un juzgado. También se azaró mucho al ver a Arturo, quien frunció el ceño al reconocerla.

Beatriz intentaba comprobar si Arturo llevaba testigos, y quiénes eran, pero no se acercaba nadie a él. Esto la puso más nerviosa. «¿Qué me tendrá preparado», se preguntaba.

–¡Tranquila! –le decía una y otra vez don Manuel–. Recuerda, no pierdas la serenidad. Escuches lo que escuches, piensa que no va contigo. Te pondrán a prueba para que pierdas los nervios y demostrar así que estás muy alterada. Tienes que ser muy fría. Por favor, ¡no caigas en su trampa!

Se acercó un funcionario para avisarles de que en cinco minutos comenzaría el juicio. Ahora sí que ya no había vuelta atrás. Beatriz pensó en su hija. «Tengo que conseguir que todo salga bien», se repetía. Don Manuel la cogió por los hombros y le dio un beso.

–Eres una gran abogado. ¡Demuéstralo!

La emocionó. Si intentaba responderle algo, se echaría a llorar. Cerró los ojos e inspiró con fuerza. «Hay que ser fría. Hay que ser fría», murmuraba entre dientes, tratando de mentalizarse.

Las puertas del juzgado se abrieron.

–¡Vista pública! –dijo en alto el oficial.

El momento había llegado. Los primeros en pasar fueron Arturo y Ramón. Beatriz no quiso cruzarse con ellos y se esperó. Cuando iba a entrar vio que, al final del pasillo, llegaba su vecina, Mabel, toda fatigada. No le hizo ningún gesto ni respondió a su saludo. Comprendió que venía como testigo de la parte contraria.

Arturo y Ramón se colocaron a la derecha del juez, Beatriz a la izquierda. El magistrado era un hombre maduro, algo grueso y de pelo cano. Su tono de voz era grave, lo que infundía todavía más respeto. El fiscal, sentado frente a ellos, colocaba los papeles que tenía sobre la mesa. Era un hombre más joven y jovial. La inexperiencia de Beatriz hizo que no identificara el papel de un tercero que se sentaba junto al juez.

–Es el secretario –le dijo don Manuel, entre dientes.

Arturo la miraba sin pestañear. Le recordó a Beatriz el modo en que lo hacía cuando estaban juntos en la academia, cuando se enamoró perdidamente de ella. Se preguntaba qué estaría pensando ahora. Le encontró nervioso y viejo, muy deteriorado. Vestía con camisa azul de cuello blanco, una de ésas que Beatriz odiaba y que siempre que él se la quería comprar, ella le quitaba la idea. Le daba un aspecto de falso yuppie. Ahora la ostentaba como un triunfo más sobre ella. También había elegido especialmente para la ocasión una corbata amarilla con motivos azules: el amarillo a Beatriz le daba mal fario.

El juez terminó de hojear los papeles y dijo con su voz rotunda:

–La parte actora tiene la palabra.

Se hizo un silencio en la sala que, inmediatamente, rompió Ramón, como abogado de Arturo.

–Con la venia de su señoría –dijo con una gran seguridad–, está aquí mi representado para ratificar la demanda de separación y explicar, con la máxima celeridad, los motivos que han llevado a la misma.

El juez asintió con la cabeza para que Ramón continuara con sus explicaciones. En este punto, Beatriz se volvió a repetir su letanía particular: «No me tengo que alterar, oiga lo que oiga».

–Señoría, Arturo Solán interpone la demanda de separación después de haber fracasado sus muchos intentos para que su matrimonio no se rompiera. Desde que nació su hija, Mónica Solán Biosca, han sido numerosas las muestras que Beatriz Biosca, su mujer, ha dado de estar completamente desequilibrada.

Beatriz, con ganas de taparse los oídos, cerró los ojos. Tenía que mostrarse impasible, puesto que ella era su propio abogado. Don Manuel, sin que lo notara el juez, le pasó la mano por la espalda y le susurró:

–Todo va tal como esperábamos, ¡tranquila!

–A raíz del parto –continuaba su relato Ramón–, Beatriz Biosca cayó en una profunda depresión que la hizo recluirse en casa, sin querer salir de ella ni para pasear a la niña. Se volvió olvidadiza y no daba de comer a Mónica, la hija del matrimonio, a sus horas, lo que provocaba que llorara constantemente. La niña siempre ha tenido sus ritmos biológicos cambiados, lo que le ha impedido conciliar el sueño de noche. La pequeña duerme por el día y se despierta por la noche. Han sido un año y unos meses muy duros, en los que ha resultado muy difícil la convivencia. Beatriz se excitaba por todo. Los vecinos han sido testigos en numerosas ocasiones de sus salidas de tono y de sus alteraciones nerviosas. En las actuales circunstancias, pensamos que lo más conveniente para la niña, sobre todo para su estabilidad emocional y su desarrollo normal, es la concesión de la custodia al padre. Solicitamos, por lo tanto, la separación por incapacidad de la madre para darle todo aquello que un niño necesita.

En este punto Beatriz se hubiera levantado de la silla y le hubiera llamado mentiroso. Se contuvo y lo miró con desprecio y con rabia.

No quedó todo ahí. Ramón pidió la vivienda para su defendido, así como una paga para que la madre colaborara en la manutención de su hija, que fijó en cincuenta mil pesetas. Propuso el régimen de visitas habitual y fines de semana alternos.

«¡Será caradura! –decía para sus adentros–. De modo que estoy loca para vivir con mi hija, pero no estoy demente para seguir trabajando y pagar la manutención de la niña. Y, además, sin derecho a nada.»

Por último, el abogado de su marido aseguraba que estos hechos iban avalados por pruebas documentales y testificales. Remató su intervención con una frase muy propia de él, que tenía vocación de actor dramático.

–Mi defendido ha intentado en numerosas ocasiones salvar el vínculo, pero la convivencia y el deterioro físico de su hija han hecho que, por su bien y nada más que por él, Arturo Solán solicite la separación y la custodia de la niña.

Arturo sonreía, satisfecho por la exposición de su amigo. Aunque no le duraría mucho. Llegaba el turno de Beatriz, dispuesta a defender su causa a capa y espada. Se puso en pie.

–Con la venia de su señoría...

El juez le indicó con la mano que podía tomar asiento.

–Para negar punto por punto los hechos alegados para la separación y oponerme a todas y cada una de las medidas solicitadas, formuladas de contrario... –don Manuel y Felipe seguían con ansiedad cada una de las palabras pronunciadas por Beatriz. Las habían ensayado muchas veces, pero ahora era distinto, todo sonaba a nuevo–, exponemos que no es cierto que a raíz del nacimiento de Mónica Solán, Beatriz Biosca haya dado muestras de desequilibrio. Para corroborarlo se presentan sendos documentos en donde un psiquiatra de gran prestigio y un psicólogo internacionalmente reconocido acreditan el perfecto estado de salud mental.

»En segundo lugar, hasta que no se descubrió la infidelidad con su secretaria, no hubo ningún tipo de desavenencia en el matrimonio.

En este momento del relato, Beatriz fue interrumpida por Ramón, que se dirigió al juez alegando:

–La abogado y parte en la defensa debería atenerse a la demanda presentada por la acusación y no, como está haciendo, especular sobre su vida privada.

El juez le dijo que continuara el relato, pero que se atuviera a los hechos.

–Señoría –continuó Beatriz muy segura de sí misma–, es importante para la defensa desmontar la acusación de desequilibrio mental, no solamente aportando el testimonio de dos profesionales, sino también dando las razones que, en realidad, han llevado a Arturo Solán a presentar la demanda de separación.

–Está bien, prosiga... –sentenció escueta, pero tajantemente el juez.

–Aporto documento en el que queda probado que Arturo Solán convivía con su secretaria, como señor y señora Solán, en el inmueble situado en la calle López de Hoyos de Madrid, en el número ciento veinticinco.

Al oír estas palabras, Ramón se volvió hacia su defendido. No entendía cómo había llegado aquel dato a manos de Beatriz. Arturo se quedó pálido.

–Y el dato más significativo –continuó con su exposición– es que iniciaron esa convivencia antes de que naciera Mónica Solán, por lo que queda probada su infidelidad. Por lo tanto, el desequilibrio y la depresión postparto no son más que invenciones para desacreditarme.

–Señora letrada –la interrumpió el juez–, no debe adelantarse usted todavía a las conclusiones. Aténgase a los hechos. Es la segunda vez que se lo digo en este proceso. Espero que no haya una tercera.

Don Manuel sólo le dijo: «¡Calma!» y le invitó a continuar.

–Señoría, pido disculpas. Aporto otro dato: presento el estado actual de la cuenta bancaria de los señores Solán con los últimos movimientos para que observe su señoría cómo la gran mayoría están efectuados por Arturo Solán. Son cantidades importantes, cuyos destinos son desconocidos para su todavía esposa.

»Por lo que respecta al cuidado de la niña habida en el matrimonio, lo único que puedo decir es que si en algo ha fallado mi defendida, ha sido en el exceso de cariño y en el constante cuidado que le ha dedicado. No hay otro objetivo en su vida que el de ver crecer a su hija sana. Sin embargo, Arturo Solán, su padre, jamás le ha dedicado una noche en vela, ni sabe lo que es preparar la papilla o el biberón. Desde que nació la niña, sus ausencias de casa se han ido convirtiendo en una costumbre. Por eso, señoría, pido la custodia de la niña y seguir residiendo en el hogar familiar. De igual modo, solicito cincuenta mil pesetas en concepto de ayuda a la manutención de la pequeña. Renuncio, en lo que a mi defendida respecta, a la pensión compensatoria.

Cuando concluyó, Felipe le susurró al oído:

–¡El juicio es tuyo!

Sin embargo, Beatriz tenía la sensación de no haber estado a la altura de las circunstancias.

El juez miraba el reloj, porque quizá el juicio se estaba alargando más de lo que esperaba. Las pruebas documentales fueron minuciosamente presentadas por ambas partes. Ramón basó sus argumentos contra Beatriz en declaraciones juradas ante notario de vecinos y un compañero de la oficina. Los vecinos no fueron una sorpresa: los González que le habían retirado el saludo de un día para otro, y de la oficina, una de las personas que menos había tratado, después de tantos años en el banco: Marisa Pomés, amiga, a su vez, de Áurea.

Arturo no había encontrado a nadie más para su farsa. Cuando llegaron las pruebas testificales, apareció la sorpresa. Fue realmente un golpe bajo que no se esperaba. Ramón llamó a declarar al dueño del bar «La Estación Azul».

Se preguntaba Beatriz qué pintaba aquel señor en el juicio de medidas provisionales. Cuando le vio la cara, le resultó muy familiar pero nunca había tenido trato con él o, al menos, ella no lo recordaba.

–Diga si es cierto que Beatriz Biosca, la letrada de la defensa –decía Ramón a la vez que la señalaba con el dedo–, frecuentaba su bar hace tres años en presencia de un caballero de dudosa reputación, llamado Javier Martos.

El juez interrumpió su discurso.

–Absténgase de calificar a las personas y limítese a los hechos.

Beatriz, que hasta aquel momento se había mostrado fuerte y segura, se vino abajo. ¿Qué tenía que ver Javier en todo este asunto de la separación?, se preguntaba atónita ante lo que estaba escuchando.

Ramón pretendía dejar la sombra de la duda en la cabeza del magistrado sobre las malas compañías que frecuentaba. No había encontrado otro testigo. Ahí estaba un señor desconocido para ella, hablando de la persona más generosa y extraordinaria que había conocido.

El juez interrumpió la prueba testifical para pedir a Beatriz que aclarara aquel extremo.

–Señoría, hoy Javier Martos está en el cementerio de Torrelodones. Efectivamente, conocí a ese señor en el mencionado bar hace tres o cuatro años. Era guionista de televisión, poeta..., un hombre de una gran capacidad intelectual. Mi matrimonio estuvo a punto de irse a pique. Fue entonces cuando mi marido me pidió una segunda oportunidad. Yo se la di y, al poco tiempo, me quedé embarazada de Mónica.

–Prosiga –dijo sucintamente el juez al abogado de la acusación.

–Díganos, ¿durante cuánto tiempo vio usted a Beatriz Biosca en compañía de Javier Martos, en su local? –continuó Ramón con su «ataque».

–Protesto, señoría –interrumpió Beatriz–. No estamos aquí para juzgar un episodio de mi pasado. Hemos venido a esta sala por un motivo mucho más relevante: la custodia de Mónica Solán Biosca.

–Se admite la protesta –volvió el juez a reconducir el juicio–, pero voy a corregirle, señora letrada: están aquí ambas partes por las medidas provisionales de su separación, entre las que se encuentra la custodia de su hija.

–Gracias, señoría –contestó Beatriz escuetamente mientras volvía su mirada hacía Ramón.

–Creo, señoría –retomó el hilo de su argumento el abogado de Arturo–, que es importante ahondar en este episodio del pasado de Beatriz Biosca para demostrar que, desde entonces, su equilibrio emocional se ha visto alterado.

El juez preguntó si tenía alguna prueba testifical de un perito sobre este extremo. Ramón contestó que no y el juez dio por concluido ese testimonio y le pidió que llamara a declarar al siguiente testigo.

El dueño del bar «La Estación Azul» se fue de allí con la misma cara con la que había entrado. Era uno de esos testimonios que a distancia se huele amañado y pagado por la acusación. Se preguntaba Beatriz si el juez sería capaz de detectar con facilidad las artimañas de Ramón.

Después de un breve silencio, la acusación reclamó la presencia de Mabel Gallego. La vecina entró en la sala esquivando la mirada de Beatriz. Ésta, a su vez, no podía creer que estuviera allí para testificar en su contra. ¡Tantos años de amistad! Habían compartido buenos ratos, también malos, pero durante mucho tiempo fueron dos grandes amigas. A raíz de los problemas con Arturo su relación se fue enfriando, pero nunca imaginó que diera este paso.

–Diga cómo es cierto –retomó el protagonismo Ramón en el juicio– que usted presenció un episodio de pérdida de nervios o de exceso de tensión en su vecina.

–Lo único que yo puedo decir es que los Solán estaban discutiendo y yo me atreví a llamar a su puerta cuando escuché que Beatriz comenzó a gritar de una manera poco común. Me explico, mi vecina jamás grita, jamás levanta la voz... Por eso acudí rápidamente a su puerta, porque imaginé que algo grave pasaba.

–¿Qué hizo usted entonces?

–Me fui a casa de nuevo a por un tranquilizante, con el único objetivo de que las cosas no fueran a más.

–¿Por qué se lo ofreció a ella y no a él, si estaban los dos discutiendo?

–Arturo no parecía alterado. Estaba normal.

–No hay más preguntas señoría –concluyó el abogado de la acusación.

–La defensa puede preguntar si lo desea –añadió el juez.

–Sí, señoría –contestó Beatriz.

Miró a su vecina fijamente a los ojos antes de formularle la primera pregunta. Era una mirada dura, inquisitiva, que Mabel no pudo sostener.

–¿Puede usted recordar los años que lleva de vecina del matrimonio Solán?

–Sí.

–¿Cuántos? –insistió Beatriz.

–Catorce, los mismos que llevan casados.

–¿Alguna vez Beatriz Solán le ha dado muestras de desequilibrio mental?

–¡Protesto! –se apresuró Ramón a interrumpir–. Mabel Gallego está aquí en calidad de vecina, y no como perito.

–Reformule la pregunta, señora letrada –espetó el magistrado.

–Bien, señora Gallego, ¿ha tenido usted que atender en otra ocasión a su vecina por estar alterada?

–No, nunca.

Respiró aliviada Beatriz. Por un momento, vio claro el motivo que llevó a Mabel a comparecer en el juicio.

–¿Recuerda las palabras que pronunciaba su vecina el día que tuvo que suministrarle un tranquilizante?

–Sí.

–Repítalas, por favor.

–Recuerdo que decía en voz alta: «¡No me vas a quitar a mi hija! ¡No te llevarás a mi hija contigo y con tu...».

–Después de tantos años de convivencia, ¿nos puede decir si ha habido algún problema entre ustedes?

Beatriz arriesgaba mucho con esta pregunta, pero quería poner a prueba a su vecina Mabel.

–Nunca hemos tenido una palabra más alta que otra. Para mí, tanto Beatriz como Arturo han sido dos buenos amigos. Quiero añadir algo más: ella ha demostrado, desde que nació su hija, ser una buena madre.

Beatriz, con la mirada, agradeció sus palabras. No hacía falta añadir nada más.

–Señoría, no hay más preguntas.

Ramón y Arturo se quedaron sin habla. Su testigo se había convertido en aliado de la defensa. En pocos minutos, Mabel había desmontado los argumentos esgrimidos por los González sobre su extraño comportamiento.

El juicio empezaba a tomar otro cariz. Don Manuel le sugirió menos agresividad en sus preguntas. Mientras, Felipe le mostraba el pulgar hacia arriba, animándola a proseguir.

Siguieron apareciendo testigos, ahora citados a declarar

por Beatriz. Su amiga María José habló en la sala de la facilidad que tenía Arturo, desde joven, para conseguir todo aquello que se proponía.

–Es un hombre que no tiene medida –dijo su amiga–: no hay obstáculos para sus objetivos. Todo vale.

–Protesto –dijo airadamente Ramón. En tan sólo unos segundos, pasó de la palidez al enrojecimiento de su cara.

Arturo miraba a María José con odio mientras se aflojaba ligeramente el nudo de la corbata.

–Si va usted, señora letrada, a basar sus preguntas en el pasado y no en los hechos, doy el testimonio por finalizado.

El juez se mostraba cada vez más impaciente por terminar.

Don Manuel sugirió a Beatriz que no continuara con las preguntas, sin embargo Ramón quiso dar otro giro al juicio.

–Señoría, quisiera hacer una pregunta a la testigo de la defensa.

–¡Adelante! –terció el juez.

–Diga si es cierto que Arturo siempre demostraba delante de los amigos el amor que sentía por su mujer.

–Bueno –empezó a titubear María José.

–Señora –interrumpió Ramón–, limítese a decir simplemente sí o no.

–Sí, aunque yo creo...

–No hay más preguntas –no dejó concluir el testimonio.

María José se retiró de la sala con la sensación de haber perjudicado, más que ayudado, a su amiga.

Don Manuel, en voz baja, le decía a Beatriz que no pasaba nada.

–¡Tranquila!, se nos ha vuelto en contra, pero nuestra defensa es más consistente.

La señora de la limpieza, Magdalena, estuvo insegura en su declaración pero, al menos, dejó claro que en la casa quien atendía a la niña era Beatriz. Explicó a la sala la razón de los cambios en los horarios de la comida de Mónica.

–Se modifican a veces, en función de si la niña ha pasado o no una mala noche. Nunca porque a la señora se le olvide el horario de la pequeña.

El juez veía que se alargaba el juicio más de lo previsto y pidió a ambas partes brevedad.

De todas formas, la sorpresa para Arturo estaba por llegar. En último lugar, llamó a declarar al psicólogo Agustín Ekaizer. Arturo y Ramón volvieron a mirarse. Este último movía las manos de forma nerviosa, frotándoselas una y otra vez. Por su parte, la letrada de la defensa sabía que tenía que echar el órdago en esta «guerra» y así lo hizo.

–Señor Ekaizer, ¿nos une algún parentesco o alguna relación que no sea la profesional?

–No.

–En el estudio que usted ha hecho a Beatriz Biosca, ¿ha detectado alguna anomalía sobre su personalidad o sobre su comportamiento?

–Ninguna.

–¿Podría informar a la sala si le queda una sola duda sobre si está capacitada para la guarda y custodia de su hija?

–Está perfectamente capacitada. En otros juicios en los que se me han solicitado mis trabajos, no he podido decir lo mismo sobre la madre. En este caso, insisto en que Beatriz Biosca no tiene ninguna anomalía en su personalidad. Creo que para una niña tan pequeña lo mejor para su buen desarrollo es que esté cerca de su madre. No podemos jugar con los niños en los momentos en los que se está formando su mente. Los tres primeros años son los más importantes para su desarrollo posterior.

Ekaizer estuvo brillante. Su enorme capacidad de comunicación y seducción dejó a la sala sin resquicio alguno para albergar dudas sobre el estado de su mente.

Después de escuchar las conclusiones, en las que tanto la defensa como la acusación se ratificaron en lo que hasta entonces habían dicho, el juicio quedó visto para sentencia.

Ahora, el futuro estaba en manos del juez.

Capítulo 15

(Diez años después)

Aunque era verano, llovía intensamente sobre Madrid. Era como un aguacero tropical, acompañado de gran aparato eléctrico que le trajo a la memoria una tormenta similar. La del día en que supo que Arturo «había muerto». ¡Qué noche aquélla! La recordaba como si hubiera sido ayer, abrazada a su hija y con un terror indescriptible.

Las escobillas del limpiaparabrisas no lograban apartar toda el agua. Beatriz, miedosa como su abuela, detuvo el coche, encendió los intermitentes y aparcó en el arcén. Esperaría allí hasta que dejara de llover «a jarrillos». Había oído aquella expresión a su hija y le hizo mucha gracia.

Mónica, con doce años, era ya toda una mujer. Decía que de mayor sería abogado, como su madre. Le encantaba que Beatriz le contara cómo preparaba los juicios. Ahora ejercía su profesión en un bufete que habían abierto el sobrino de don Manuel y ella. En realidad, la decisión la tomó empujada por Felipe. La animó a que hiciera un cambio en su vida. Le costó mucho dar el paso, porque tenía miedo a equivocarse, y con Mónica a su cargo, no podía jugar. Se sentía muchas veces insegura ante el futuro, aunque sabía que mientras tuviera fuerzas siempre saldría a flote.

De todas formas, Beatriz no hubiera podido seguir en el banco una vez separada. Le resultaba violento, no veía a la gente como siempre, no soportaba la idea de cruzarse por los pasillos con Áurea o con Arturo. Tenía que irse, eso estaba claro, y Felipe la convenció para abrir un bufete de abogados especializado en asuntos de matrimonio y familia. Con el tiempo, había cogido cierta fama y prestigio.

Don Manuel siempre la apoyó hasta que el Alzheimer le robó su mente. Uno de los días más tristes de su vida fue cuando, al pasar por la casa del catedrático para saludarle, don Manuel le dijo:

–Encantado de conocerla.

La enfermedad había borrado de golpe las personas y los recuerdos que formaban parte de su pasado.

Seguía lloviendo a cántaros sobre la carretera de La Coruña. A pocos kilómetros de la capital, Beatriz, atrapada en aquella jaula de lluvia y relámpagos, seguía repasando los últimos años de su vida.

Supo por Fernando, su antiguo jefe en el banco, que a Arturo le habían ascendido. Se casó con Áurea, y a la boda acudió toda la oficina. Todos le hacían la pelota, convertido en uno de los hombres de confianza del nuevo director. Según Fernando parecía otro hombre: desde que había tenido su segundo hijo varón, salía poco. No le gustaba viajar y hablaba constantemente de sus hijos. Bueno, de aquellos dos hijos. Porque ignoraba a Mónica. Se preguntaba Beatriz por qué motivo había apartado a la niña de su vida. La llenaba de indignación. ¿Qué culpa tendría ella?

Ahora sí que Áurea y Arturo eran los señores de Solán, y ella se había quedado en la rara situación de soltera con hija. A menudo, cuando le preguntaban su estado civil, tenía la tentación de responder «soltera», pero, al final, optaba por separada. Era una separada. Separada de la normalidad de la vida en común, separada de la vida social... Separada. ¡Sola!

En esos diez últimos años, nunca se planteó la posibilidad de volverse a enamorar. No tenía ningún interés por vivir en pareja, y no estaba dispuesta a ceder parte del terreno que había conquistado. La libertad, que tanto miedo le daba al principio de su separación, se había convertido en una necesidad, a la que no estaba dispuesta a renunciar.

Se refugió en el trabajo y recuperó a su familia, a la que durante muchos años había relegado a un segundo plano. Su padre no sobrevivió ni siquiera dos años a la hemiplejía. Beatriz le contaba sus proyectos profesionales y se le iluminaban los ojos. Nunca volvió a hablar, ni recuperó su sonrisa. Todavía hoy, le costaba asimilar que su padre hubiera fallecido. No pasaba ni un solo día sin que le recordara.

Su hermana Encarna también se había separado de su marido y se fue a vivir con su madre. Una vez más, «la maldición de los Biosca» se cumplía inexorablemente.

Beatriz se había vuelto una mujer dura, pero no insensible. Muchas veces se sorprendía llorando al ver los viejos álbumes de fotos. «Debe de ser la edad», se recriminaba.

Mónica ya no era la niña de las fotografías. Se había convertido en una mujer con muchos interrogantes que ella no podía resolver. La ausencia de un padre pesaba demasiado para sus pocos años. Guardaba como un tesoro uno de los pocos regalos que le hizo por su cumpleaños: un osito de peluche marrón que siempre estaba sobre su cama. A veces, la observaba mirándolo con nostalgia y en silencio. Sabía que había huecos que no podía llenar ni su cariño hacia ella.

Soñaba Beatriz con que fuera una joven libre y autosuficiente. Deseaba de corazón que esa «maldición» que perseguía a su familia se rompiera definitivamente con ella.

Aquel juicio que vivieron como una guerra Arturo y ella la marcó para siempre. Recordaba su júbilo cuando el juez le otorgó la guarda y custodia de Mónica. No hubo otro éxito en su carrera como éste. Fue el principio de una vida nada fácil, donde el miedo al futuro se convirtió en una constante.

De pronto, la lluvia empezó a caer suavemente sobre el cristal. La cortina de agua, al abrirse, dejó ver con nitidez el paisaje. Aparecía en el horizonte un tímido sol que iluminaba «la montaña de la mujer muerta». Así la conocían todos en el pueblo, en el que el olor a jara y a romero se mezclaba entre los tonos verdes de sus encinas. Bajó las ventanillas para respirar y oler a tierra mojada. Cerró los ojos y al cabo de unos segundos decidió reincorporarse a la carretera. En el kilómetro veintinueve se desvió. Podía haber hecho el trayecto con los ojos cerrados. Todos los primeros de mes, desde hacía diez años, acudía fiel a su cita, sin excepciones. Llevaba una rosa, una rosa roja, al cementerio de Torrelodones.